»Neben uns stand Inspektor Korkbach an der Theke und nölte, daß man sich über bestimmte Ereignisse im Orfeo nicht zu wundern brauchte, solange die Türen derart schlecht gesichert seien. Während ich ihn noch anraunzte, er solle nicht so entsetzlichen Unsinn schwatzen, kam der Polizeipräsident persönlich in die Kneipe. Er begrüßte Dani Cohn-Bendit mit Handkuß, kniff den schwulen Kellner augenzwinkernd in den Hintern und bestellte einen Gin Fizz. Ich schnappte nach Luft. Mitten in diesem Tumult tauchte Udo auf, Arm in Arm mit Luise Rinser, die mit einem Stock in der Luft herumfummelte und fortwährend rief: ›Den hat mir Luis Trenker geschenkt, noch kurz vor seiner Beerdigung! Dies ist die Feder der Zukunft.‹ Udo sah aus, als wäre ihm das alles ziemlich peinlich. Er flüsterte mir ins Ohr: ›Du verstehst – eine Autorin!‹ und sah mich beschwörend an. Luise Rinser und der Polizeipräsident begannen, einen Schuhplattler zu tanzen, und Dani Cohn-Bendit, der auf einmal ein Mikrofon in der Hand hielt, mimte den Conferencier und wackelte mit dem Bürzel. Der Polizeipräsident bedankte sich mit Tränen in den Augen bei Luise Rinser für den Tanz. Dann übernahm er das Mikrofon und sagte: ›Meine Damen und Herren, Sie haben von den großartigen Erfolgen der ost-west-übergreifenden Terroristenfahndung seit dem Fall der Mauer gehört. Es ist mir eine besondere Freude, Ihnen mitteilen zu dürfen, daß uns heute morgen ein besonderer Coup gelungen ist: Karl Liebknecht ist gefaßt. Er war in Chemnitz untergetaucht, wo er unerkannt über nunmehr 71 Jahre das Drukkerhandwerk versah, zuletzt beim ›Sächsischen Morgen‹, Ausgabe Karl-Marx-Stadt. Ich beglückwünsche unsere Beamten hüben und drüben zu diesem beispielhaften Erfolg.‹ Gigantischer Jubel brach los, der schwule Kellner schmiß eine Runde Sekt, und Dani Cohn-Bendit gab Luise Rinser einen Zungenkuß. Dann wachte ich Gott sei Dank auf.«

Viola Schatten wurde 1953 in Bonn geboren. Sie studierte Philosophie und Psychologie in München und Paris. 1981 heiratete sie einen Frankfurter Politiker. Seit 1987 lebt sie in einem Sanatorium in der Schweiz. Viola Schatten ist ein Pseudonym.

Dies ist ihr zweiter Kriminalroman nach ›Schweinereien passieren montags‹ (Fischer Taschenbuch Verlag, Nr. 10282).

Viola Schatten
Dienstag war die Nacht zu kurz

Kriminalroman

Fischer Taschenbuch Verlag

Originalausgabe
Veröffentlicht im Fischer Taschenbuch Verlag GmbH,
Frankfurt am Main, Juni 1991

Umschlaggestaltung: Manfred Walch, Frankfurt
Umschlagabbildung: Loh Productions
Gesamtherstellung: Clausen & Bosse, Leck
Printed in Germany
ISBN 3-596-10681-8

Freitag, 5. Oktober 1990, Eysseneckstraße. Sturmhimmel mit schweren Wolken. Der Wind fegte Herbstlaub durch die graue Stadt. Ein zitronengelber Lieferwagen bog zwischen Stoßstange an Stoßstange geparkten Autos in die Einfahrt einer prachtvollen Gründerzeitvilla. Das Frankfurter Holzhausenviertel ist morgens um halb elf fast leblos. Wenig Büros und Läden, mehr Wohnhäuser, mal eine Werbeagentur hinterm Vorgarten, sonst nichts außer Hausfrauen mit den täglichen Einkäufen im Kleinwagen und einigen müden Kindern mit Schulranzen auf dem Buckel.

Vier Arbeiter im Blaumann stiegen aus dem Lieferwagen. Vierschrötige Typen, zwei mit Bart. Zusammen kaum unter hundert Jahre Bau. Keiner unter einsachtzig groß und Muskeln wie Möbelpacker. Sie sahen sich kurz um und gingen gemächlich die vier Stufen zur Haustür hoch. Nach einigen Sekunden war das Sicherheitsschloß mühelos geknackt. Sie verschwanden im Haus.

Meine Kamera war bereits heißgelaufen, und ich war erleichtert, daß Warterei und Langeweile endlich ein Ende hatten. Der Oktoberanfang in diesem Jahr war, trotz Treibhauseffekt und Klimakatastrophe, frisch und ging in die Beine. Drei Tage bewegungslos im engen VW-Golf zu sitzen, eine Packung Gauloises nach der anderen zu qualmen, die Sender zwischen FFH, HR 3 und SWF 3 durchzuhören und immer den Blick auf die Straße und das Haus zu halten, war nicht gerade spaßig. Von den Buchmesseberichten allein wird einem auch nicht gemütlich.

Im zweiten Stock war Bewegung eingekehrt. Einer der Blaumänner zog die hellen Leinenvorhänge zu und warf einen kurzen Blick auf die Straße. Mich schien er nicht bemerkt zu haben. Ich notierte mir Kennzeichen und Aufschrift des Transporters, »Möbelschreinerei & Restaurierungen Rütters OHG, Königstein/Ts.«. Nach kaum zehn

Minuten ging die Haustür wieder auf, einer der Männer schaute sich um und ging zum Wagen. Er öffnete die Hecktür und zwei andere, mit ordentlichen Tragriemen ausgestattet, trugen eine Louis-Seize-Kommode herunter und luden sie ein. Dann ging es wie am Schnürchen: Chaiselongue, sechs Stühle, ein Beistelltisch und ein großer Spiegel, alle in demselben Stil, nebst drei Teppichen, und einige in Decken gehüllte Bilder wurden heruntergetragen und fachmännisch und behutsam verstaut. Die Männer schauten sich nicht einen Moment während ihrer Arbeit um, schlossen die Haustür wieder sorgfältig und fuhren los. Mein Standort ließ es zu, die gesamte Szenerie unbemerkt zu fotografieren, jeden einzelnen der Typen auf Zelluloid zu bannen, einschließlich dem, der kurz aus dem Fenster schaute. Rosas Fotolabor würde an diesem Tag Arbeit bekommen.

Eigentlich wäre mein Job hier zu Ende gewesen, und ich hätte mit dem ganzen Beweismaterial zu den Bullen gehen müssen. Doch dazu hatte ich nicht die geringste Lust. Vom ersten Moment an, als ich den Auftrag übernommen hatte, verfolgte ich einen anderen Plan.

Ich zündete mir eine neue Gauloise an und mußte husten. Leise fluchend folgte ich in sicherem Abstand dem Transporter, der nicht in den Taunus nach Königstein fuhr, sondern sich im Buchmessenverkehr mühsam durch die Stadt quälte. Ich überfuhr einige Ampeln bei Dunkelrot und drängelte mich kaltblütig und erfolgreich durch den Verkehr, um den Anschluß nicht zu verpassen. Das Gehupe und Gemaule der anderen Autofahrer ignorierte ich. Reuterweg, Alte Oper, vorbei an den Glashaustresoren der Deutschen Bank. Auf der Mainzer Landstraße ging es endlich flüssiger voran, doch da schien das größte Stück auch schon geschafft. Der Lieferwagen bog zwischen den unzähligen Niederlassungen für Gebrauchtwagen, Orientteppichen, Maschinen und ›Sonstigem‹ in einen Hinterhof ein.

Eine merkwürdige Gegend war das hier, ein dubioses Geschäft neben dem anderen. Wenn ich hier zu tun hatte, fragte ich mich jedes Mal, warum eigentlich noch nie ein Flic auf die Idee gekommen war, sich die Schuppen einmal genauer anzusehen. Import-Export und dergleichen in völlig heruntergekommenen Häusern. Einmal in Erfahrung bringen, was da alles verschoben wurde...

Ich parkte den Golf im absoluten Halteverbot und ging zu Fuß hinterher. Diesmal nahm ich nur die kleine Kamera mit, die nicht aufträgt. Am abblätternden Putz des Vorderhauses hingen einige Firmenschilder, die ich unauffällig, ohne die Kamera ans Auge zu nehmen, knipste. Ich ging lässig durch die graue Hofeinfahrt. Der Transporter stand vor der geöffneten Schiebetür einer Lagerhalle, und seine Ladung wurde soeben in das Backsteingebäude hineingetragen. Jetzt zu fotografieren war riskant, aber ohne anzulegen mußte es gehen. Ich zog die Kamera nur halb aus der Tasche meines Trenchcoats und drückte mehrfach auf den Auslöser. Dabei drehte ich mich im Gehen immer ein bißchen, so daß wenigstens eines dieser zufälligen Bilder etwas werden mußte. Eigentlich wollte ich allzugerne sehen, was sich noch alles in der Lagerhalle verbarg. Zuerst ging ich langsam am Transporter vorbei über den Hof und hoffte, so einen Blick durch die geöffnete Lagerhaustür werfen zu können.

Aber auf diese Entfernung war außer schemenhaften Umrissen nichts zu erkennen. Ich stellte mich neben der Vorderhaustüre auf und studierte aufmerksam die Klingelschilder. Dann wandte ich mich entschlossen um und ging am Lastwagen vorbei stracks in die Lagerhalle hinein. Den nächststehenden der Blaumänner, einer der Schnauzbärte, sprach ich an.

»Ich suche das Büro der Reinigungsfirma.«

»Hinten rechts!« Kürzer ging es kaum.

»Kann ich hier durch?« Einen Versuch war es schließlich

wert, denn alles, was ich sah, war ein großes Lager voller in graue Decken und weiße Tücher gehüllter Möbel, aber nichts Spezifizierbares.

»Außenrum«, murrte die Type mit zusammengebissenen Zähnen, »hier geht's nicht!«

Seinen Zigarillo nahm er dabei nicht aus dem Mundwinkel, und nicht einmal dessen Spitze zuckte.

»Sehr freundlich!« blaffte ich zurück. »Übrigens bekommt man von diesen Dingern Zahnfäule und schlechten Atem!«

Er glotzte mich kurz an, dann wandte er sich nur kopfschüttelnd ab.

Jetzt blieb mir leider nichts anderes mehr übrig, als die Halle zu verlassen, wenn ich keinen Verdacht erregen wollte.

Kein einziger der vier Blaumänner hatte sich auch nur im geringsten erschrocken, als sie mich in die Halle treten sahen. Als wäre es die selbstverständlichste Sache der Welt, arbeiteten sie weiter und trugen die ganzen Louis-Seize-Raritäten an mir vorbei. Nur mit Fotografieren war nichts mehr. Diese kleinen Apparate surren einfach zu laut, wenn sie den Film transportieren. Manchmal wünschte ich mir schon, im Besitz der Geheimdienst-Technologie zu sein – die Welt ein Spiel.

Im Büro begrüßte mich eine ältliche Sekretärin mit einem spitzen »Ja, bidde?« Ihr Hessisch war schwerlich zu überhören.

»Ich wollte fragen..., tja, ich suche eine Fensterputzfirma für einmal im Monat, Privatwohnung im Nordend, 4. Stock. Machen Sie das?«

Ihre Antwort war eindeutig. »Ei, waas glaabe Se denn, wo mer hinkäme, wenn mer fir alle meglische Privatkunne jeden Monat ä Reschnung schreibe misste? Nee, des isch die Sach für ene Butzfrau, junge Frau! Des kenne Se vun uns net erwarde! Frache se doch ä mol so ä Türkin oder ä annere. Ausländer hämwer ja grad ämol genuch.«

Dieser Auskunft war nichts mehr hinzuzufügen.

Die Frau schrie laut und durchdringend, bis große Männerhände sich um ihren Hals legten und langsam zudrückten. Ihre Augen verdrehten sich, ihre Lider begannen zu flattern. Ihr Blick blieb verständnislos, während ihre fahl werdenden Lippen sich unnütz und hilflos öffneten und schlossen. Ihr Busen bewegte sich weniger heftig, sie atmete nur noch mühsam. Ihr kehliges Röcheln ging mir durch Mark und Bein. Von fern erklang ein schrilles Geräusch, während die Hände unerbittlich festhielten. Das Geräusch wurde lauter, die Abstände schienen kürzer zu werden.

Schließlich begriff ich, daß mein Telefon klingelte. Unwillig sprang ich auf, nahm den Hörer ab und lief mit dem Apparat zurück vor den Fernseher.

»Ja?«

»Ruth? Schwesterchen, hier spricht Frieder. Hast du einen Moment Zeit?«

»Ungern«, sagte ich. »Ich sehe nämlich einen wirklich guten Thriller, und die Frau war gerade beim Abkratzen, als du die Güte hattest, dich wieder mal zu melden. Ist es was Dringendes?«

»Kein Thriller, aber spannend ist es trotzdem. Noch keine tote Frau, aber Dinge, die verschwinden werden. Ich wollte dir einen Auftrag geben.«

»Okay«, sagte ich. »Sowas bespricht man am besten nicht am Telefon. Wann...«

»Du willst ja doch nur zurück zu deinem Thriller.« Ich hörte ihn förmlich grinsen. »Aber du hast natürlich recht. Sagen wir, morgen früh um 12, in meinem Büro?« »Gemacht«, sagte ich und legte auf.

Die Frau war inzwischen wirklich tot. Hastig verteilten die Männerhände raschelnde Herbstblätter und Äste über der Leiche, so daß sie vom Rand des Waldweges aus nicht zu sehen war. Jetzt erst sah man den Täter ganz. Er trug einen gutgeschnittenen Abendanzug und zog sich die Handschuhe aus, bevor er sich wieder ans Steuer seines Wagens setzte. Ein Jaguar, braunmetallic, so wie Frieders.

Ich kam nun doch ins Grübeln, was mein Bruder von mir wollte. Er ist zwar Makler und insofern der Unterwelt zugehörig, hat aber ansonsten keine Tendenz zu krummen Dingen, im Gegenteil. Sein Büro ist bestens renommiert, und er hat gut zu tun. (In einem kurzen Moment von Geschwistersolidarität hat er mir allerdings meine WG-Wohnung und das Büro in der Leerbachstraße vermittelt, obwohl er sich mit so kleinen Fischen im Regelfall nicht abgibt. Er arbeitet nur mit großen Objekten, Villen am Stadtrand, Penthousewohnungen und noblen Mietshäusern, die zu Eigentum umgewandelt werden. Das übliche Programm, das uns Normalverbrauchern den Hals zudreht.) Als er sich vor etwa sieben Jahren selbständig machte, hat wohl nur er damit gerechnet, daß er so schnell ins große Geschäft kommen würde. Ich hatte wie üblich die Anziehungskraft unseres Namens unterschätzt, weil ich daraus selten Kapital schlage. Frieder von Kadell ist der einzige von uns dreien, der von der Eintragung im Gotha hemmungslos und permanent Gebrauch macht und außerdem Vergnügen daran findet, sich mit dem ganzen Gesocks, das es ebenso macht, auch noch privat zu treffen.

Ich war nur einmal zu einem größeren Anlaß bei ihm privat eingeladen – es handelte sich um eine mißglückte Verlobung –, und danach hat er nie wieder einen Versuch gemacht, mich in seine Kreise einzuführen. Die Braut war weißblond, weichfleischig und von ziemlich hohem bayerischen Adel. Sie sprach die Mundart der Alpenrepublik unveredelt und trug ein cremeweißes Kostüm, das ihre Haarfarbe altersgelb erscheinen ließ. Sie machte souverän die Honneurs und war die Langeweile in Person, weil sie keinerlei Charakter zeigte. Erst später sollte sich herausstellen, daß genau dies die Grundlage der Verlobung darstellte, die natürlich so brüchig war wie ein alter Zwieback. Ich mokierte mich mit einem mir unbekannten Herrn über die Verlobte, wobei ich davon ausging, daß es sich um irgendeinen von Frieders zahllosen Studienfreunden handelte. (Vermutlich kam ich darauf, weil er Schmisse hatte, und solche Freunde kann nur mein Bruder Frieder haben. Schlagende Verbindung und so weiter.) Wir lästerten gnadenlos und hechelten die ganze anzuheiratende Blase durch, vom rotnasigen Vater bis zu den Freundinnen der Braut, die das Geld ihrer Väter um den Hals trugen und über Golfturniere sprachen. Ich trank ziemlich viel und landete irgendwann bei dem schmissigen Herrn auf dem Schoß, das muß so gegen drei Uhr morgens an der Bar gewesen sein. Irgendwann muß die Braut ihre großen Ohren in unsere Richtung bewegt haben. Jedenfalls erfuhr ich am nächsten Morgen, daß ich bei ihrem ersten Freund auf dem Schoß gesessen und er auf Nachfragen ihrerseits die ganze Lästerei, sofern ihm noch erinnerlich, brühwarm weitergegeben hatte. Das war der erste Riß im ohnehin brüchigen Zwieback, und Frieder nahm mir das anfangs übel. Ich nehme an, daß er heute darüber hinweg ist. Aber er hat noch immer nicht gelernt, daß Adel keinen Charakter hat.

Ich hörte die Wohnungstür schlagen und Schritte im Wohnungsflur unserer WG. Udo klopfte und steckte behutsam seinen Kopf durch den Türspalt. Er sah müde und angegriffen aus. »Was ist los?«, fragte ich. »Du scheinst ziemlich fertig zu sein.«

»Diese Buchmesse geht mir jetzt schon auf die Nerven, dabei hat der Trubel gerade erst angefangen«, murrte er. »Diese Agenten sind wirklich das Letzte. Heute mußte ich Paul vertreten, der klugerweise die Grippe hat, und landete bei einem dieser amerikanischen Hökerer. ›This is a real nice story, you know, it's situated in the south, during the great war, you know? There's a white lady, young and beautiful, who falls in love with an officer of the northern army...‹ Und kaum runzelt man die Augenbrauen, schon haben sie das nächste Buchprojekt bei der Hand. Da werden keine Manuskripte mehr verkauft, sondern ungeschriebene Bücher, und dafür werden Hunderttausende verlangt. Langsam frage ich mich, ob ich nicht gleich an die Börse hätte gehen sollen.«

»Wie ist denn die Geschichte mit ›Vom Winde verweht‹ ausgegangen?«, fragte ich. »Du hast doch bei der letzten Messe erzählt, sie hätten die noch nicht geschriebene Fortsetzung schon weltweit verkauft?«

»Ich glaube, diese entfernte Verwandte hat Schwierigkeiten, jedenfalls stockt die Sache momentan. So wartet die Welt noch immer atemlos auf die weiteren Abenteuer von Scarlett O'Hara.«

»Seid ihr noch weggegangen anschließend?«

»Ja, das geht ja nicht anders. Das geht mir am meisten auf die Nerven, nicht mal alte Freunde kannst du treffen, statt dessen rennst du von der Messe aus in den Frankfurter Hof und mußt dort mit dem nächsten Amerikaner verhandeln, der schon nach dem dritten Whiskey schlechte Witze erzählt.«

»Nur Amerikaner?«, fragte ich leichthin. »Da geht vielleicht doch dein Vorurteil mit dir durch.«

»Ach, was soll's«, sagte er und gähnte. »Ich muß jetzt jedenfalls in die Falle, es ist beinahe zwei. Morgen um neun kommt Siegmund der Große, da müssen wir alle mal strammstehen und unsere Erfolge aufzählen. Wir hatten ja gehofft, er würde sich zurückziehen, nachdem er diese junge Wilde in den Hafen der Ehe geführt hatte. Aber da haben wir uns wohl kräftig getäuscht. Er ist wie eh und je: der große Gebieter. Und wenn ich Paul erwische, nach der Messe, werde ich ihm was erzählen.«

Ich hörte ihn ins Bad schlurfen und bedauerte ihn heftig, aber kurz. Schließlich hat er einen sogenannten Traumjob. Genau wie ich.

Mittwoch, 3. Oktober. Am nächsten Morgen war es windig und trocken, also für Frankfurter Verhältnisse angenehm. Der Smog war weggeblasen, die Sonne brannte emsig, und der Verkehr war wie üblich zusammengebrochen. Ich schwang mich aufs Fahrrad, um zu Frieders Büro in Sachsenhausen zu fahren. Eine nette Ecke zu strampeln, aber bei dem Wetter ein reines Vergnügen. Die dicksten Staus waren jetzt ohnehin am Messegelände. Die Litfaßsäulen zeigten große Autorenfotos, die wieder einmal bestätigten, daß Schreiben und Denken nicht hübscher macht.

Vor Frieders Büro betupfte ich mich noch einmal mit Udos Rasierwasser und korrigierte den Sitz meines schwarzen Lederrocks. Seine Sekretärin impft mir Schuldgefühle ein, weil sie aussieht wie einer Modebeilage entsprungen – Miss Vogue persönlich.

Ich grüßte sie knapp und freundlich und ging über den hellblauen Teppich in Frieders Büro.

»In diesem schwarzen Italienerdesign kommt dein brauner Seidenanzug kaum zur Geltung«, begrüßte ich ihn liebenswürdig. »Du solltest die Möbel weiß streichen lassen für solche Garderobentage.«

»Meine liebe Ruth Maria«, sagte er unwirsch und lächelte verkniffen, »wenn du eine Ahnung hättest, wie sehr ich deine unendliche Beobachtungsgabe bewundere...«

»Sonst wäre ich ja nicht hier. Aber sollen wir nicht irgendwo hingehen? Du könntest mich zum Mittagessen einladen. Das macht man so, wenn man einen Auftrag vergibt, und dein Anzug hebt sich dann auch besser ab.«

»Okay«, sagte er und drückte auf einen Knopf. »Frau

Boven, ich bin um zwei wieder da. Wenn Dr. Botzet anruft, bieten Sie ihm doch einen Termin um 15 Uhr an.«

Wir gingen an der Vorzimmerdame vorbei zum Aufzug.

»Hast du die eigentlich von einer Modell-Agentur?«, fragte ich. »Solche Wesen sehe ich sonst nie an einem normalen Arbeitsplatz.«

»Hör auf zu sticheln«, sagte er. »Ich bin dein neuer Arbeitgeber. Aber wenn es dich interessiert: Sie hat sich bei mir beworben. Über ihr Vorleben ist mir nichts Ehrenrühriges bekannt, auch wenn ich zugeben muß, daß sie mir kein polizeiliches Führungszeugnis vorgelegt hat, bevor ich sie einstellte.«

Wir gingen ins ›Plus‹, ein Schicki-Micki-Restaurant für Gutverdienende, wo man ausgiebig über die Frische der Garnelen diskutieren kann. Ich bestellte ohne Hemmungen, und als der Tourraine kam, stieß ich trotz des Ambientes mit Frieder an.

»Also schieß los. Die Detektivin wartet.«

»Ich war letzte Woche in München, hatte da geschäftlich zu tun. Zwischendurch gab's zwei freie Stunden, also bummelte ich durch die Stadt. Es gibt da eine Reihe von guten Antiquitätenhändlern, und ich dachte, vielleicht ergattere ich noch ein Stück für mein Louis-Seize-Zimmer, du kennst es ja...«

»Deine Sorgen möchte ich haben«, sagte ich. Wir rührten in unseren Hummersüppchen. »Aber fahre nur fort...«

»Jedenfalls hätte ich gern noch einen kleinen Sekretär, der zu der Sitzgruppe paßt. So was ist schwer zu finden, und wenn man nicht Unsummen bezahlen will, muß man einfach auf den Zufall setzen und sich immer wieder umsehen. Eins der besten Geschäfte, spezialisiert auf Louis-Seize, gehört einem Baron von Hadern und heißt auch so.«

»Ich weiß zwar noch nicht, was kommt«, unterbrach ich ihn, »aber mir ist jetzt schon klar, daß du wieder mal auf den Adel ’reingefallen bist. Allein der Name ließe sich ja auf einer Auktion versteigern.«

»Mein Privatleben lassen wir draußen, ja? Was du mir damals an Schwierigkeiten beschert hast, möchte ich lieber vergessen.«

In die kleine Spannungspause hinein wurde das Hauptgericht serviert, Lammkarrée an Kartoffelgratin mit Gemüsefest. Mein Appetit war ungebrochen.

»Also, ich ging da hinein und erklärte mein Anliegen. Im Laden selbst waren einige schöne Stücke, aber sie paßten von den Maßen nicht, und wirklich bestochen hat mich auch keins. Ein großer Spiegel war da, weißt du, so eine ungewöhnliche Form für die Zeit, wunderbar geschliffen...« Mir war immer schon unerklärlich, wie Frieder sein Geld verdient. Er wird so weitschweifig. Aber vielleicht ist gerade das das A und O des Maklergeschäfts, wenn es um große Summen geht.

»Ich sprach also mit dem Inhaber. Ich sagte, was ich mir vorstellte. ›Wir haben natürlich nur einige Stücke hier im Geschäft‹, sagt er, ›aber ich könnte mir vorstellen, daß wir am Lager haben, was Sie suchen. Speziell in diesem Stil haben wir eine große Auswahl.‹ ›Ich bin auf der Durchreise‹, sage ich, ›und habe nur ein, zwei Stunden Zeit. Jetzt noch ein Lager aufzusuchen, ist mir wahrscheinlich nicht möglich‹. ›Kein Problem‹, sagt er, ›ich habe hier einen Katalog. Da sind alle Stücke aufgenommen, schon im entsprechenden Interieur, damit man ihre Wirkung besser imaginieren kann.‹ Und er holt aus dem Hinterzimmer eine Art Fotoalbum. ›Hier‹, sagt er, ›blättern Sie ihn mal in Ruhe durch. Darf ich Ihnen inzwischen etwas anbieten, einen Cognac vielleicht, oder einen Kaffee?‹«

Frieder, komm zur Sache, dachte ich. Inzwischen waren wir schon beim Dessert angelangt: Kiwicreme auf Mangoschaum, dazu Krokantsahne.

»Und? Was ist denn nun die Pointe?«

»Nun warte doch«, sagte er und löffelte das grüne Mus. »Die kommt ja jetzt... Ich blättere also den Katalog durch. Der Mann hatte nicht gelogen: Durchwegs exquisite Sachen, fotografiert jeweils mit anderen Stücken zusammen, manchmal in eigenartiger Kombination, aber fast immer stimmungsvoll, sozusagen privat... Ich wende also Blatt um Blatt und stutze plötzlich. Da sehen meine trüben Augen doch mein eigenes Louis-Seize-Zimmer...«

»Dein eigenes?«, fragte ich lauter als beabsichtigt.

»›Psst. Ja, mein eigenes. Mein Louis-seize-Zimmer, komplett mit Vertiko, Sitzgruppe, Chaiselongue und Spiegel. Sah gut aus...«

Ich hatte plötzlich einen Gedankenblitz und holte einen Zettel aus meiner Handtasche. Darauf schrieb ich ›XY‹, dann fragte ich: »Und dann?«

»Ich habe mir natürlich nichts anmerken lassen. Ich deute auf das Vertiko und sage: ›Das ist nicht exakt das, was ich im Kopf hatte. Ich suchte eigentlich einen Sekretär. Aber von den Maßen her, wenn ich die Proportionen richtig einschätze, müßte das Vertiko passen, und es gefällt mir ausnehmend gut. Die anderen Stücke sind auch recht hübsch. Wie lange würden wir brauchen, um zu ihrem Lager zu fahren?‹ ›Ich bedauere außerordentlich‹, sagt von Hadern, ›aber ich kann jetzt im Moment natürlich das Geschäft nicht so ohne weiteres schließen... Sie sagten, Sie sind auf der Durchreise?‹ Da ich das einmal gesagt hatte, konnte ich es schlecht leugnen. ›Sie werden begreifen‹, antwortete ich, ›daß ich das Stück gern genauer in Augenschein nehmen würde, bevor ich mich entscheide. An welchen Preis hatten Sie übrigens gedacht?‹ ›Solche Exemplare sind schwer zu finden‹, hat der noch die Chuzpe zu sagen. ›Ein solches Vertiko findet sich in Deutschland derzeit vielleicht gerade drei Mal...‹ Da hast du recht, du Gauner, denke ich. ›Der Preis liegt bei fünfundsiebzigtausend Mark‹, sagt er und peilt mich aufmerksam an. ›Das Stück ist fachmännisch restauriert und in allerbestem Zustand. Auf einer Auktion würde es erheblich teurer sein‹. Daß es restauriert war, wußte ich natürlich nur allzu gut. Und der Preis war auch vernünftig. Nur, daß es mir schon gehörte…«

»Frieder«, drängelte ich, »wie ging es denn weiter?«

»›Ich mache Ihnen ein Angebot‹, sagt der Gauner schließlich. ›Sie wohnen wo?‹ ›In Hamburg‹, sage ich.«

Kluger Bruder, dachte ich beifällig. Schnell reagiert.

»›Haben Sie des öfteren in München zu tun?‹, fragt der Baron. ›Wir handhaben solche Fälle in der Regel so: Das Stück ist innerhalb von 10 Tagen hier bei uns im Laden. – Sie wissen ja, solche Transporte sind aufwendig, und wir haben drei Außenlager, es bedarf also eines gewissen Aufwandes… Ich halte das Vertiko, und wenn Sie wollen, die anderen Stücke hier für Sie zurück, und Sie kommen, wann es Ihnen paßt – möglichst noch im Laufe der nächsten drei Wochen – und sehen es sich hier in Ruhe an. Sie zahlen jetzt zehn Prozent an, und wenn das Stück Ihnen nicht zusagen sollte, erstatten wir Ihnen die Anzahlungssumme zurück. Sie begreifen: Wir hätten gern eine gewisse Gewähr, daß Sie ein solides Interesse an der Antiquität nehmen… Das ist eine etwas unkonventionelle Lösung‹ – und dazu lächelt er auch noch – ›aber bei Antiquitäten dieser Preislage schließlich nur angemessen.‹ Nerven haben die Leute…«

»Hast du die Anzahlung geleistet?«, fragte ich.

»Klar. Ich habe die Siebentausendfünfhundert gezahlt und gemacht, daß ich aus dem Laden kam. Für Rückfragen habe ich die Adresse von Helge angegeben, sein Büro in Hamburg. Dem habe ich schon Bescheid gesagt.«

Der Kaffee kam. Wir rührten in den Porzellantassen und rauchten.

»Und was soll nun ich dabei tun?«, fragte ich schließlich.

»Mich beraten und den Fall übernehmen. Ich könnte natürlich zur Polizei gehen und so weiter, aber das ist mir zu langwierig. Ich habe ja auch nichts in der Hand, und wahrscheinlich lachen die mich aus mit so einer Geschichte.«

Und außerdem willst du mir einen Auftrag geben, dachte ich mit leichter Rührung. Frieder kann nämlich nicht glauben, daß ich mit meinem Detektivbüro auf meine Kosten komme. Anfangs hatte er nicht unrecht – die ersten zwei Jahre waren wirklich hart –, aber jetzt bin ich eigentlich ganz gut im Geschäft. Allerdings war es mir im Grunde nicht unlieb, mich hinter diese Geschichte zu klemmen. Im Moment lag nichts Dringendes an, und für das Antiquitätengeschäft hatte ich schon immer etwas übrig. Mein erster großer Fall hatte auch damit zu tun gehabt... Und schließlich soll man die kleinen sozialen Regungen großer Egoisten nicht ohne Not im Keim ersticken.

»Okay«, überlegte ich, »wie gehen wir vor? Ich schlage vor, daß wir in Ruhe den zu erwartenden Bruch bei dir abwarten. Ich überwache das Haus und dann sehen wir, was passiert... Aber warte mal – ich fahre am Wochenende weg, das kann ich auf keinen Fall verschieben. Wenn mich meine Sinne nicht täuschen, dann ist heute Dienstag.

Also, du rufst den Antiquitätenhändler heute noch an und machst ein bißchen Druck: Du müßtest dringend auf eine längere Geschäftsreise und so weiter und ob man die Sache nicht beschleunigen könnte, du würdest Samstag nochmal in München sein. In den nächsten zwei Tagen verläßt du das Haus pünktlich um neun und kommst nicht vor zehn Uhr abends zurück, das dürfte dir ja nicht schwerfallen. Ich schätze, die werden deine Wohnung observieren, bevor sie sie ausräumen. Ich werde die Herrschaften beim Observieren observieren und die Sache in Einzelheiten fotografieren, außerdem haben wir ja dann noch die Videoaufnahme. Das Gerät werde ich nachher installieren.«

»Du willst dir das in Ruhe mit ansehen?«, fragte er und wurde blaß.

»Ach was«, sagte ich und dachte das Gegenteil. »Ich

werde ihnen natürlich in den Arm fallen. Aber auf frischer Tat ertappt zu werden – das gibt Ganoven doch so ein höheres Gefühl…«

Wir tranken noch einen Cognac darauf und besprachen die Einzelheiten. Ich brachte ihn zurück zu seinem Büro und fuhr sinnend und trachtend nach Hause.

Mein Auftrag lautete demnach, die Einbrecher auf frischer Tat zu überraschen, sie der Polizei zu übergeben und möglichst umfassendes Beweismaterial dazu. So, daß auch der feine Herr von Hadern seinen Laden für einige Zeit in staatliche Räume hätte verlegen müssen, die mit den kleinen Fenstern, durch die nur gesiebte Luft nach innen kommt. So hatte es sich auf jeden Fall mein Bruder Frieder gedacht.

Ich wußte, er wäre mit meiner Absicht auf keinen Fall einverstanden gewesen. Also hielt ich meinen Mund. Die zweitausend Mark gönnerhaftes Honorar des reichen Herrn Immobilienmaklers wollte ich mir eigentlich nicht entgehen lassen. Und auf die hätte ich wohl verzichten müssen, wenn Frieder von Anfang gewußt hätte, daß er sich vorübergehend mit einer halb ausgeräumten Wohnung abfinden müßte.

Es gab schließlich einen weiteren Anreiz für mich. Ich lasse es mir kaum nehmen, alle paar Wochen Freitag abend die Multishow deutscher Bürgerlichkeit und Morallehre anzuschauen. Als Berufskrankheit ist dies nun wirklich nicht zu bezeichnen, denn die meisten der genannten Fälle in Edes ›Aktenzeichen XY‹ sind, wie vor Jahren bereits von einer linken Zeitung aufgedeckt, simuliert, entbehren den realen Hintergrund und unterstützen letztlich nur die Angstmache des Gesetzgebers beim ewigen Spießer. Deutsches Kabarett – viel besser als Rudi Carrell oder Thomas Gottschalk. Ede hat die Nase vorn.

Ausgerechnet letzten Freitag, mich durchzuckte es wie ein Blitz, so daß ich Mühe hatte, während des Mittagessens mit meinem Bruder die Klappe zu halten, präsentierte Eduard Zimmermann genau diesen Fall. Verschiedene Antiquitätenhändler besorgen gewünschte Raritäten illegal und auf Bestellung. Bisher konnte außer zweien von ihnen, einer in Hamburg, ein anderer in Hannover, keiner festgenommen werden. Es wurde vermutet, daß es sich um einen Einbrecherring handelte, der vorwiegend im norddeutschen Raum tätig war. Ede und der Hamburger Hauptkommissar im Studio setzten für Hinweise, die ›zur Ergreifung der Täter führen‹, immerhin eine Belohnung von achttausend Mark aus. Die kämen mir nicht gerade ungelegen, auch wenn ich mir nie im geringsten erträumt hätte, diesem Verein einmal unter die Arme zu greifen.

Auf Frieders Kosten besorgte ich eine Videoanlage zur Überwachung seines Louis-Seize-Zimmers und installierte sie gut getarnt. Die Gefahr, daß irgendeiner der Bande, die das Haus beobachtete, einen Installateur für Sicherheitsanlagen hätte ins Haus kommen sehen, wollte ich nicht eingehen. Das hätte die Sache vermasselt oder zumindest erschwert.

Frieder rief wie vereinbart bei dem ehrenwerten Antiquitätenhändler in München an und erhielt dann auch die Zusage, daß die Ware bis Samstag beschafft werden könne. Das kam mir sehr entgegen, denn eines blieb mir damit erspart, und das war wochenlanges Observieren. Und für Frieder war es auch besser, denn außer einem regelmäßigen Lebenswandel für die nächsten Tage hatte er nichts zu leisten und mußte auch nicht die Angst haben, daß ihm seine Möbel für immer abhanden kämen.

Um so größer war natürlich sein Ärger, als ich am Nachmittag in sein Büro kam.

»Na, Mariechen, wann ist es denn soweit?« Frieder kam mir neugierig und mit ausgebreiteten Armen entgegen.

»Hier nimm dir erst mal ’ne ordentliche Zigarette und

setz dich am besten hin. Es hat geklappt.« Ich hielt ihm meine Gauloises hin und gab ihm Feuer.

»Was? Waren sie da?«, Frieder hatte ein beinahe euphorisches Glimmen in den Augen. »Ich wußte ja, auf Miss Marlowe ist Verlaß! Willst du einen Kaffee, oder einen Cognac? Du siehst so verfroren aus.« Frieder überschlug sich beinahe. »Komm, erzähl endlich wie es war! Mach's nicht so spannend!«

»Also, mein Lieber«, ich faßte mir ein Herz, »wenn du nicht soviel quasseln würdest, hättest du den Schrecken schon hinter dir! Ich bin nämlich nicht verfroren, eher das Gegenteil...«

Am besten in die Vollen, dachte ich, und steckte mir vorsichtshalber eine neue Zigarette an. »Es wird ein bißchen ungemütlich bei dir sein. Die Genoven haben gut gearbeitet. Erstaunlich professionell und schnell...«

»Was soll das heißen, Ruth Maria?« Frieder war blaß; und Ruth Maria hatte er mich seit den letzten pubertären Zankereien nicht mehr in diesem autoritären Tonfall genannt.

»Du hast richtig gehört«, jetzt wurde auch ich ein bißchen knapper. »Ich hab' sie ziehen lassen!«

»Bist du denn verrückt?«, Frieder kochte und blickte mich sehr böse an. »Unsere Vereinbarung war anders! Sag mal, du denkst wohl hoffentlich nicht, daß du mit meinem Zeug machen kannst, was du willst? Und jetzt, was jetzt?«

»Frieder«, ich mußte ihn beruhigen, »nun hör mir mal zu. Das hat schon seinen Sinn.«

Dann erzählte ich ihm von Edes letzter Sendung, und ganz allmählich verstand sogar mein zielstrebiger Bruder, daß er wahrscheinlich nur kurz auf seine Möbel verzichten mußte und andererseits er nun mal seinen Tribut zu leisten hatte, um solchen Typen das Handwerk ein für allemal zu legen.

»Vor allem, mein lieber Frieder, hast du Glück gehabt, daß du der Besteller deiner eigenen Möbel warst.« Ich schaute ihn ernst und seriös an. »Stell dir vor, es wäre irgendein anderer gewesen. Dann würdest du dich jetzt bei mir ausheulen, hättest den ganzen Ärger mit der Versicherung etcetera, etcetera. Und deine Möbel würdest du nie mehr sehen.«

Dann erläuterte ich Frieder meinen Plan.

Von zu Hause aus verständigte Frieder die Polizei. Gut zwei Stunden vergingen ab dem Telefongespräch, in dem Frieder gesagt wurde, er möge nichts anfassen, gleich käme jemand, um den Einbruch aufzunehmen. Das kenne ich mittlerweile bei der Frankfurter Polizei zur Genüge, sie kommt fast immer zu spät, und in manchen Dezernaten sitzen auf den verantwortlichen Posten recht seltsame Beamte. Vorruhestandsgefühle oder Schlimmeres. Schließlich kam ein etwa fünfunddreißigjähriger, blonder Inspektor namens Korkbach. Mit Flaumbart. Er fragte als erstes, ob die Wohnung gut abgeschlossen war, schaute sich die Schlösser an und meinte dann belehrend, die Leute bräuchten sich schließlich nicht zu wundern, daß ständig eingebrochen würde, wenn man es den Ausländern und Asozialen so leicht mache.

Mit solchen Sprüchen war Korkbach bei uns richtig. Genauso hätte er einen Stier mit dem roten Tuch reizen können. Frieder baute sich vor ihm auf. Er überragte den Polizisten um gut einen Kopf.

»Wollen Sie damit etwas Bestimmtes sagen?«

Der Polizist reagierte kaum. »Hinterher läßt sich immer leicht klagen«, meinte er nur und nestelte an seiner Dienstpistole.

Nun war es mir zuviel. »Jetzt hören Sie mal gut zu«, sagte ich aufgebracht. »Erstens kommen Sie reichlich spät und zweitens haben Sie hier wohl andere Dinge zu tun, oder täusche ich mich?«

»Was ich zu tun habe, weiß ich schon selbst, junge Frau«, der Typ war sich tatsächlich für nichts zu blöde, »und daß wir spät kommen, kann ihnen wohl lieber sein, als wenn wir gar nicht kämen, oder? Wir haben schließlich einiges zu tun, auch wenn es Bürger gibt, die sich das nicht vorstellen können!«

»Indem Sie hier große Reden halten, ist auf jeden Fall gar nichts getan. Das steht wohl fest. Wie sieht es aus mit Spurensicherung, Fingerabdrücken, Verlustliste und so weiter? Und die ›junge Frau‹ in der Anrede können Sie sich sparen.«

»Wissen Sie, so wie ich die Sache hier sehe, werden wir gar keine Spuren finden.« Der Polizist versuchte nun, sachlich zu bleiben. Nur seine Stimme zitterte leicht. »Das waren Profis, da ist alles vergebliche Mühe. Die hinterlassen keine Spuren. Das sehe ich als Fachmann auf den ersten Blick. Der Kollege hier wird den Raum fotografieren, und Sie geben mir eine Liste der fehlenden Gegenstände, am besten mit genauer Beschreibung. Die Türklinken usw. werden von uns noch auf Spuren untersucht, ansonsten lohnt das nicht. Wahrscheinlich sind Sie ja versichert.«

Ich dachte mir nur, daß ich bei einem solchen Arbeitseifer längst Sozialhilfeempfängerin sein würde, und daß es ohnehin keinen Sinn machte, mit diesem ›Profi‹ länger zu diskutieren. Ich warf Frieder mit einem tiefen Seufzer einen langen wissenden Hundeblick zu. Er äugte verstehend zurück und signalisierte mir, daß es wohl besser sei, wenn ich auf meine Art vorginge. Dem Flaumbart Korkbach waren meine Beweise auf jeden Fall nicht zu gönnen. Der sollte von mir aus versauern, mit einem weiteren ungelösten Fall in seiner Statistik.

Um acht Uhr abends war ich noch alleine in der Wohnung, weder Rosa noch Udo waren da. Irgend jemand hatte frisch geräucherten Wildlachs in den Kühlschrank gelegt. Zwei Scheiben auf Toast genügten als Abendessen.

Schließlich leide ich nicht unter Hormonmangel. Außerdem hatte ich es eilig.

In Rosas Dunkelkammer entwickelte ich die Filme und war gerade dabei, die Ausschnitte zu wählen und sie zu vergrößern, als das Telefon klingelte. Wie üblich hatte ich vergessen, den Apparat mit in die Dunkelkammer zu nehmen. Und wie üblich hatte ich soeben einen der Abzüge in den Entwickler gelegt und konnte nicht weg. Es klingelte sehr lange, fünfzehn, zwanzig mal. Ich versuchte es zu ignorieren, zählte aber automatisch mit. So lange schellt es bei uns nie. Hastig zog ich den Abzug aus dem Entwickler, schmiß ihn in die Fixierflüssigkeit und rannte zum Telefon. Und wie üblich hörte es gerade auf zu klingeln, als ich abnahm.

Nach mehr als zwei Stunden war ich mit der Laborarbeit fertig. Auch die Abzüge vom Band der Videokamera hatte ich erstellt, sie zuvor vom Fernseher heruntergefotografiert. Zu meinem großen Erstaunen waren sogar die meisten Fotos aus dem Hinterhof gelungen. Jedes einzelne Gesicht war gut erkennbar und die Möbel dazu. Dann klingelte das Telefon erneut. Es war Udo, der aus dem Café Laumer anrief, Buchmessenabsturz wie üblich. Auch er konnte sich wieder nicht trennen, obgleich er wie jedes Jahr sagte, daß er sich dieses Mal zurückziehen würde und den ganzen Zirkus nicht mehr mitmachen wollte. Ein eigenartiges Fieber muß das sein, von dem alle infiziert sind, die in der Branche arbeiten. Udo fragte mich, ob ich nicht später dazukommen wollte. Meine Antwort mußte ich drei Mal wiederholen, die Geräuschkulisse in der Kneipe war immens. Ich sagte ab und auf seine Frage, ob ich wenigstens Samstag abend dabeiwäre, gab ich ihm ebenfalls einen Korb. Graue Gewitterwolken zogen auf. Doch meine Verabredung mit Ferdinand stand, und angesichts der schlechten Laune Udos hatte ich ohnehin keine Lust, meine Pläne zu ändern.

Vor nunmehr drei Jahren bezogen wir zu dritt die geräumige Fünf-Zimmer-Wohnung in der Wielandstraße. Und seit zwei Jahren war Udo latent eifersüchtig – mit Grund. Ferdinand Kaiser, damals noch Kommissar, lief mir gleich bei meinem ersten großen Fall über den Weg, und seitdem pflegten wir unsere Liebelei mit unterschiedlicher Konjunktur. Hätte nicht Rosa, die Dritte in der WG, immer wieder für die seelische Stabilität gesorgt, dann wäre vermutlich längst jeder in eine andere Wohnung gezogen.

Udo ist ein liebevoller Mensch, er bezieht seine Position klar und eindeutig, hat viel Humor und trägt einen sehr klugen Kopf auf seinen Schultern. Vor allem in den habe ich mich damals kräftig verliebt – und in Udos humorigen Charme. Doch auch er war in den letzten zwei Jahren nicht derselbe geblieben. Seine Arbeit für den Verlag beanspruchte ihn beizeiten so stark, daß er die überwiegende Zeit nur noch müde und einsilbig nach Hause kam. Gewiß, er hatte gute Erfolge aufzuweisen, und dagegen hatte ich auch überhaupt nichts einzuwenden. Doch hatte ich leider zu oft den Eindruck, daß er sich etwas vormachte. In unseren Gesprächen über seine Situation und unser Befinden in der Zweierkiste stellte er schon viel zu lange in Aussicht, daß die Malocherei ein Ende hätte, und zwar bald, wenn nicht... Ich konnte es mittlerweile nicht mehr hören.

So waren wir froh, daß von Rosa, wenn sie da war, stets eine angenehme Ausgeglichenheit ausging, die sich auf die Menschen in ihrer Umgebung übertrug. Ich bewunderte sie dafür, denn bei dem, was sie sah, wenn sie als Fotojournalistin durch die Weltgeschichte reiste, war das keineswegs selbstverständlich. Sie suchte sich immer Themen, die auszuhalten eine gute Konstitution verlangen. Dafür fand man ihre Arbeiten in allen großen Magazinen – und seit einem halben Jahr sogar Filmreportagen aus den Elendsvierteln dieser Welt auf einem der privaten Fernsehkanäle.

Wir lernten uns in Stuttgart kennen. Ich absolvierte damals meine ›Ausbildung‹ in einer ›Internationalen Detektei‹ und hatte im ›Bohnenviertel‹, der Altstadt der Schlafstadt, zu ermitteln. Rosa fotografierte in einem der Animierschuppen. Das war völlig außergewöhnlich, denn normalerweise kommen Frauen da nur in Begleitung rein. Und Fotografieren, und dann auch noch mit Blitz, schädigt eigentlich das Geschäft. Es gibt genügend Geschäftsleute in diesen Bars, die sich nicht glücklich schätzen, wenn ihre Frauen sie auf einem Foto in irgendeiner Illustrierten erkennen würden. Rosa interessierte mich, und nachdem wir uns gegenseitig gemustert hatten, kamen wir ins Gespräch. Dabei zeigte sich, daß wir uns gegenseitig falsche Berufe unterstellten. Rosa hielt mich für eine ›Luxusnutte‹, und ich war mir gewiß, daß sie irgendwie in der illegalen Pornoszene produzierte. Doch irgendwann stellten wir fest, daß unsere Berufe einiges gemeinsam haben. Rosa fotografierte für ›Nacktes Leben‹, ihren zweiten Bildband – eine Reportage über das Leben einer Stripperin. Und ich hatte den langweiligsten Auftrag meiner Laufbahn: Beweise sammeln gegen einen lustwandelnden Ehemann während seines Maiausflugs.

Als Frieder mir die Wohnung in der Wielandstraße anbot, war es eine Sache von zwei Telefonaten und einem gemeinsamen Abendessen, dann war die WG komplett. Rosa schlug Udo vor, den sie kennenlernte, als sie ein Jahr zuvor ihren ersten Fotoband machte, und er dieses Buch im Verlag betreute. Und Udo war mir auf Anhieb sehr sympathisch.

An diesem Abend war ich froh, daß Rosa nicht zu spät nach Hause kam. Wir leerten in aller Ruhe noch eine Flasche Chianti in der Küche, und ich hörte mit Interesse ihren Berichten von der letzten Reise nach Rumänien zu. Für einen der privaten Fernsehkanäle hatte sie dort den Auftrag zu einer weiteren Reportage abgeschlossen. Dann ging ich leicht angetrunken und müde zu Bett, und ich war mir sicher, daß ich schlafen würde wie ein Wackerstein.

Samstag, 6. Oktober, München, Leopoldstraße, zwölf Uhr. »Herr Doktor Balthus, und die Frau Gemahlin ist auch dabei, sehr erfreut!«

Herr von Hadern überschlug sich wie ein Pudel bei der Zirkusnummer. In Anbetracht eines guten Geschäftes war dies verständlich. Der Baron war aalglatt, Chiemseebräune, graue Schläfen, halbe Brille, Siegelring und dunkler Zweireiher. Alles ein bißchen Fuchsberger.

»Wollen die Herrschaften eine Tasse Kaffee oder sich lieber gleich die guten Stücke ansehen? Kommen Sie bitte hier lang, sie stehen in den hinteren Verkaufsräumen.« Hadern verneigte sich leicht und wies mit seinem ausgestreckten linken Arm die Richtung, während er den rechten so halb zu uns herüber reckte, als wollte er uns einfangen. ›Na warte‹, dachte ich mir.

Der Laden war gut ausgestattet, und sein Inhaber mußte gut verdienen mit einem solchen Sortiment. Frieder schien ein wenig zu straucheln, als er plötzlich vor den Möbeln seines ehemaligen Louis-Seize-Zimmers stand. Ich kniff ihn kräftig. Jetzt durfte nichts schiefgehen.

»Wunderbar, Schatz«, sagte ich schnell. »Schau, die Möbel sehen aus, als hätten sie schon immer in deinem Zimmer gestanden, nicht wahr?«

»Ja, gnädige Frau, ausgesucht schöne Stücke und außergewöhnliche Raritäten! Und alles andere als leicht zu besorgen!« Von Hadern lächelte süßlich.

»Das kann ich mir denken«, sagte Frieder. »Da bedarf es schon ganz besonderer Kanäle!«

»Diese können Sie bei einem Haus wie dem unseren selbstverständlich voraussetzen! Schauen Sie sich nur einmal diese wunderbare Chaiselongue an. Einzigartig in ihrer Schönheit und in der Sorgfalt der Arbeit...«

Wir schauten uns die Möbel genauer an, Frieder vor allem an Ecken, Kanten und Füßen nach Transportschäden, und ließen den Baron weiterreden.

»Tja, Ruth Maria, was meinst du?«, fragte mich Frieder.

»Ich glaube, wir sollten zum Geschäftlichen kommen.«

»Es ist mir eine außerordentliche Freude«, schleimte von Hadern, »und ich kann Sie nur zu ihrem Entschluß beglückwünschen.«

»Ganz meinerseits, Baron, solch eine Chance gibt es wirklich nicht alle Tage!« blaffte ich zurück.

»Ja, dann darf ich vielleicht in mein Büro bitten. Die Herrschaften, bitte hier lang.« Es lief in der Tat wie am Schnürchen.

Im Büro des Antiquitätengeschäfts nahmen wir auf alten englischen Ledersesseln Platz, ließen uns Kaffee servieren und warteten, bis die Sekretärin von Haderns das Zimmer wieder verlassen hatte.

»Ich wollte Sie noch bitten, ob Sie uns nicht ein Zertifikat über Echtheit und Unbedenklichkeit der Möbel geben können, bevor wir über den Preis sprechen?« Frieder schaute den Baron forsch an.

»Aber selbstverständlich, die Echtheit steht schließlich außer Frage!«

»Und die Unbedenklichkeit?« Ich war aufgestanden und zur Tür gegangen. Den Schlüssel drehte ich zweimal um, zog ihn ab und steckte ihn in die Tasche. Von Hadern schaute zuerst mich, dann Frieder irritiert an. Etwas Blässe schien sich unter die Chiemseebräune geschoben zu haben. Er griff nach seinen Mentholzigaretten und richtete dann seinen Blick auf mich.

»Ich verstehe nicht? Was wollen Sie damit sagen?«

»Ich wollte Ihnen noch meine Visitenkarte geben.« Frieder reichte sie ihm.

Von Hadern schaute unsicher darauf und noch unsicherer zurück. »Sie sind gar nicht Herr Doktor Balthus?«

»Nein, und ich bin auch nicht die Frau Gemahlin, sondern Privatdetektivin«, stellte ich aggressiv fest. Ein unfreundlicher Ton würde den Herrn sicherlich tiefer in die Polster seines Sessels drücken. »Schauen Sie sich mal diese Fotos an!« Ich hielt ihm die Bilder vor die Nase, die ich während des Einbruchs schießen konnte und außerdem einige Fotoabzüge der Videokamera. »Und nun sagen Sie mir bitte, was Ihnen dazu einfällt! Die Möbel kennen Sie ja.«

Bei solchen Konfrontationen werde ich schnell harsch. Sonst bleibt die Sache im Normalfall zäh und langweilig, und gerade darauf habe ich am wenigsten Lust. »Sie verfügen in der Tat über einzigartige Kanäle, Herr von Hadern«, ich schaute ihn mit kalten Augen an. »Es würde mich zu sehr interessieren, woher Sie Ihre Einnahmen beziehen! Und einige andere haben daran gewiß ein noch ausgeprägteres Interesse, könnte ich mir vorstellen!«

»Das kann ich erklären!« Mein Gott, einen solchen Fall hatte ich mir wirklich nie gewünscht. Der Mann versuchte nicht einmal, sich zu verteidigen. Er hatte die Hosen gestrichen voll.

»Schauen Sie, vor einigen Jahren geriet ich mit diesem Geschäft in eine tiefe Krise, die Mieten auf der Leopoldstraße zogen schlagartig an und ich konnte den Pachtvertrag nur noch unter Hinnahme der Verdoppelung des Mietzinses aufrechterhalten. Die Schulden häuften sich mehr und mehr. Als er kaum mehr ging, erzählte ich auf einer Auktion einem Hamburger Kollegen und Freund von meiner Misere. Er räumte mir sehr großzügig einen hohen Kredit ein. Mit der Tilgung hatte ich trotzdem Schwierigkeiten. Irgendwann fragte er mich, ob ich ihm nicht zusätzliche Ware vom grauen Markt abnehmen wolle. Ich sagte ihm, daß ich keine schmutzigen Geschäfte betreiben würde. Das ist grundsätzlich nicht mein Stil. Daraufhin erzählte er mir, daß der Kredit nicht von ihm persönlich sei und daß die Geldgeber ungeduldig geworden seien und drohen würden, mich persönlich zur Rechenschaft zu ziehen. Ich hatte keine andere Wahl als ja zu sagen, wenn ich mein Geschäft nicht schließen wollte. Ich stieg ein, in der Hoffnung, daß ich nicht sehr lange brauchen würde, um die Schulden zurückzuzahlen...«

»›Grauer Markt‹ ist gut.« Ich verspürte kein Mitleid mit dem Baron. »Wußten Sie denn nicht, woher die Möbel kommen?«

»Nein«, Hadern schaute mich flehend an, »ich dachte an günstig aufgekaufte Nachlässe, Notverkäufe und dergleichen.«

»Wie in den dreißiger Jahren, nicht wahr?«, fragte ich bissig zurück. »Das waren ja auch saubere Geschäfte damals. Der Antiquitätenmarkt hat floriert!«

»Das interessierte mich nicht. Dafür müssen Sie doch Verständnis haben.«

»Ach, das ist ja nett«, Frieder nahm ihn genau ins Visier. »Und da schreiben Sie dann dem Weihnachtsmann einen Wunschzettel, was Sie alles gerne hätten, innerhalb von einer Woche oder vierzehn Tagen, und abends stellen Sie dann Ihre Stiefelchen vor die Tür... Reden Sie doch keinen Schmarren!«

»Doch, ich beschwöre Sie...« Von Hadern tupfte sich mit einem Taschentuch die Schweißperlen von der Stirn.

»Heißt Ihr Hamburger Händler zufällig Jansen?«, fragte ich. Frieder und der Antiquitätenhändler schauten mich beide erstaunt an. Frieder wohl nur, weil er wieder einmal erstaunt war, was man alles wissen kann in diesem Beruf.

»Ja«, von Haderns Stimme war matt. Er steckte sich eine weitere Mentholzigarette an. »Woher wissen Sie?«

»Na, der sitzt doch, oder wissen Sie das nicht?« In Edes

Aktenzeichen XY war Jansen als einer der beiden genannt worden, deren man bisher habhaft werden konnte.

»Bei wem haben Sie bestellt, und von wem haben Sie die Fotos in Ihrem Katalog?«

»Von Jansen!« Jetzt versuchte er tatsächlich seinen ersten Ausreißer, doch da war er bei mir an der falschen Adresse.

»Reden Sie keinen Unsinn!«, schnauzte ich ihn an. »Jansen sitzt schon länger, und das wissen Sie! Also wer beliefert Sie?«

»Das kann ich Ihnen nicht sagen, wirklich nicht!«

Dieser Mann schien wirklich eines der dümmsten Exemplare zu sein, die der Adel übriggelassen hat. Keine Spur von raffiniert.

»Frieder, geh doch mal ans Telefon und rufe die Polizei«, bat ich meinen Bruder. »Vielleicht will der Herr lieber mit der sprechen.«

Frieder stand auf und ging langsam zum Schreibtisch des Barons.

»Nein, bitte nicht. Sie können Ihre Möbel ja wiederhaben und die Anzahlung selbstverständlich auch. Und außerdem habe ich da noch eine wunderbare Kommode...«

»Von wem haben Sie denn die geklaut?«, fuhr ich ihn an. Der Kerl versuchte tatsächlich immer noch, sich freizukaufen. »Ich habe Sie gefragt, von wem Sie das Zeug haben. Frieder ruf an!« Frieder nahm den Hörer ab, drückte den Knopf der Amtsleitung und fing langsam an zu wählen. Eins, eins...

»Ich sage es Ihnen ja!« Von Hadern rann der Schweiß von der Stirn.

Frieder behielt den Hörer in der Hand und den Finger auf der Tastatur des Telefons.

»Ich habe nur die Telefonnummer einer Frau in Frankfurt!« Na also.

Der Baron erzählte, daß er diese Nummer immer anrief,

wenn er eine Bestellung hatte, die Fotos aber stets in einem Briefumschlag ohne Absender erhielt, dazu einen Mindestpreis, den er für jedes einzelne Stück zu nehmen hatte, die Lieferzeit und eine Postlageradresse, an welche er das Geld schicken mußte.

Jetzt bewies sich wieder einmal, daß gute Kontakte von Vorteil sind. Ich rief von Haderns Büro aus einen meiner Polizistenfreunde an, einen der Fähigen im Amt, Ferdinand Kaiser. Mit ihm würde ich das kommende Wochenende im Elsaß verbringen und melden mußte ich mich ohnehin noch, um Näheres mit ihm auszumachen.

»Ferdinand, hier Ruth«, es war ganz angenehm, daß weder Frieder noch der Jammer-Baron hören konnten, was Ferdinand auf der anderen Seite sagte. »Ja, natürlich... ich freue mich... um elf Uhr, ja okay, bei dir, mhm, ...aber du solltest mir noch einen guten Dienst erweisen zuvor. Weißt du, ich bin gerade in München, beruflich, komme aber heute abend zurück und habe noch zu tun. Ich brauche Namen und Anschrift der Inhaberin der folgenden Telefonnummer... Kannst du das schnell erledigen, und mich hier wieder anrufen? Eine Viertelstunde, au fein, Danke! Ja... schön, Ciao!«

Tatsächlich hatte ich die gewünschte Auskunft kurze Zeit später. Ich beschloß, den Baron nicht mehr aus den Augen zu lassen, bis ich mit dieser Marizza Kühl in Frankfurt selbst gesprochen hatte.

»Hadern, Sie machen Ihr Geschäft für heute zu, langer Samstag hin oder her, das ist mir wurscht. Erzählen Sie Ihren Leuten, Ihr Onkel Ludwig sei von Ihnen gegangen und Sie hätten sich um sein Erbe zu kümmern. Sie fahren mit uns nach Frankfurt!«

Er sträubte sich nur kurz, und eine halbe Stunde später waren wir auf der Autobahn.

Frankfurt, Moselstraße im Bahnhofsviertel, 19 Uhr. Es war nahezu dunkel, als wir den Wagen vor dem Haus Nummer 17 parkten. Die Neonschriften des Restaurants ›Domino‹ im Erdgeschoß und des ›Spielkasino Mamaia‹ im ersten Stock des einst schönen Backsteinhauses aus der Gründerzeit warfen blaues Licht auf die Straße. Vier Marokkaner gingen laut sprechend und gestikulierend an uns vorbei. Aus dem ›Moseleck‹ stolperten zwei Betrunkene.

Als wir aus dem Auto stiegen, war die Blässe an den Schläfen des Barons nicht zu übersehen. Sein dunkelblauer Zweireiher saß immer noch tadellos, aber zarte Schweißperlen veranlaßten ihn immer wieder, sein seidenes Taschentuch mit Monogramm zu zücken und sich damit die edle Stirn zu betupfen. Seine Augen waren schiefergrau und ausdruckslos, und er sprach kein Wort.

Am Klingelschild war der volle Name zu lesen: Marizza Kühl. Das ist eher die Ausnahme in diesem Viertel, in dem Namen durch die Appartementnummern ersetzt sind, als könnten die Freier sich eher eine Nummer merken. Ich klingelte, aber noch bevor der Türdrücker summte, kam in Eile ein Mann mit vor Wut hochrotem Gesicht durchs Treppenhaus und ließ die Tür hinter sich geöffnet. Er trug einen hellen Trench, war auf eine süßliche Art gutaussehend und fluchte unterdrückt, aber ausdrucksstark. Mir fiel nicht ein, woher ich ihn kannte.

Im dritten Stock war eine Wohnungstür angelehnt, davor stand eine sehr junge Frau mit rötlichem Haar. Sie war zierlich, gut gekleidet und hatte einen kühlen, abschätzenden Zug um den Mund. Ihre Augen waren meergrün, und sie sahen hellwach aus.

»Was wollen Sie?« fragte sie kurz angebunden.

»Sie klingen nicht gerade gut gelaunt. Kennen Sie diesen Mann?« Baron von Hadern wäre vor Peinlichkeit vermutlich am liebsten aus dem Fenster gesprungen. Marizza Kühl sah mich entgeistert an.

»Nein«, sagte sie.

»Schlechtes Gedächtnis oder lügen Sie?« Ich blieb hart.

»Was geht Sie das an? Sind Sie übergeschnappt? Wer sind Sie überhaupt?«

»Das tut nichts zur Sache. Der Herr ist einer Ihrer Geschäftspartner«, sagte ich trocken. »Aus dem Antiquitätengewerbe.«

Es schien, als ginge ein leichtes Zucken über ihre linke Wangenpartie, und sie wollte gerade zu einer Antwort ansetzen, als der Baron einen Schritt auf sie zu machte.

»Wir haben verschiedentlich miteinander telefoniert«, sagte er flehentlich. »Baron von Hadern, Sie erinnern sich doch?«

»Dann sind Sie wohl von den Bullen?« Marizza Kühl sah mir ins Gesicht, als würde sie der Gedanke nicht erschrekken. Sie wirkte wie jemand, dem nichts mehr passieren kann.

»Es ließe sich leicht eine Verbindung herstellen. Vielleicht wäre es auch besser...« Ich machte eine Bewegung mit dem Kopf.

»Kommen Sie 'rein«, sagte sie und ging voraus. »Und machen Sie die Tür hinter sich zu!«

Wir gingen durch einen langen Flur, der mit künstlerisch hochwertigen Aktphotos bestückt war, in ein postmodernes Wohnzimmer – dreieckige Lampen, Sofas mit fünf Beinen und dergleichen. Hier hing lediglich ein Bild an der Wand (ein Männerakt, lieblich auf einem Autowrack plaziert und von spielenden Katzen umgeben), sonst waren die Wände kahl. Es sah gemütlich und zugleich natürlich aus, als hätte jemand zehn Jahre zu spät entdeckt, was ein guter Spielplatz wert ist.

»Also, was wollen Sie?« Sie stand angriffsbereit ans Fenster gelehnt, die Hände in den Hosentaschen. »Wollen Sie Geld? In dem Fall sind Sie bei mir falsch. Und warum haben Sie dieses Fossil mitgebracht?«

Ich hatte den bestimmten Eindruck, ein Gespräch zu dritt würde nicht zu großen Erkenntnissen führen.

»Ich habe ihn mitgebracht, damit Sie sich gegenseitig identifizieren. Und soweit bei Telefonpartnern möglich, ist das ja auch geschehen. Herr von Hadern«, wandte ich mich an den blassen Herrn neben mir, »Sie gehen jetzt, ich will mit Frau Kühl alleine reden. Ich brauche nicht in Einzelheiten zu wiederholen, worauf wir uns geeinigt haben –?«

»Aber ganz und gar nicht«, beeilte er sich zu versichern. »Ich werde kein Wort – schon weil Sie...«

»Schon weil ich...«, nickte ich. »Deshalb nehmen Sie jetzt den Nachtzug nach München und segeln morgen wie immer auf dem Chiemsee. Montag hören Sie von mir, wie Sie sich des weiteren zu verhalten haben. Und jetzt machen Sie« – er sah mich erwartungsvoll an – »sich mal ganz schnell davon.« Hadern schaute noch einmal unsicher um sich, doch auch Marizza Kühl hielt ihn nicht auf. Dann wandte er sich um und verschwand.

Als die Wohnungstür zufiel, lachte Marizza Kühl kurz auf. Etwas in diesem Lachen gefiel mir, und etwas gefiel mir nicht. Ich wußte noch nicht, wofür ich mich entscheiden würde.

»Gut, Ihre Identifizierung haben Sie. Und was wollen Sie jetzt von mir? Das beste wäre, Sie würden ebenfalls verschwinden!«

Sie sah mich herausfordernd an, die schmalen Lippen geschlossen.

»Hören Sie«, sagte ich und ließ mir meinen Ärger anmerken. »Wenn Sie einen Machtkampf wollen, können Sie ihn haben. Sie sitzen ziemlich tief in der Tinte, das wissen Sie besser als ich.«

Sie schwieg und wandte sich ab. Ihre Schultern zuckten, aber es war nicht zu erkennen, ob aus Angst oder Gleichgültigkeit. Dann drehte sie sich halb weg und schaute auf das draußen zuckende Neonlicht. Das Fenster war geöffnet, es roch nach Currywurst und Kebab, und mehrmals lachte eine Frau schrill auf. Das Alarmgeräusch eines Streifenwagens kam näher und entfernte sich wieder. Unter dem Fenster klirrte Glas. Es muß nahezu eine Minute vergangen sein, in der keine von uns beiden ein Wort sprach.

Dann drehte sich Marizza Kühl wieder langsam herum und schaute mich an. Die Gehässigkeit in ihrem Blick war verschwunden.

»Möchten Sie was trinken? Ich mache mir einen Martini.«

Ich sagte, daß ich auch einen trinken würde und wartete, bis sie mit den Drinks fertig war.

»Was haben Sie herausgefunden?«

»Genug, um hier zu sein. Sie können sich entscheiden, ob Sie mir sagen, was Sie wissen, oder ob Sie das ganze lieber den Bullen erklären. Ich kann Ihnen eine Menge Scherereien machen.«

»Ich bin schon so tief in Scherereien –« sagte sie einigermaßen gleichgültig. »Das würde auch nichts mehr verändern.«

»Täuschen Sie sich nicht, Frau Kühl«, ich sprach nun ebenfalls leiser. »Das kann äußerst unangenehm werden. So leicht kommen Sie da nicht mehr raus.«

»Das weiß ich selbst. Das braucht mir niemand zu erzählen«, sie schaute mich wieder böse an. »Auch Sie nicht!«

»Dann erzählen Sie!« Ich stellte mein Martini-Glas hörbar auf den Tisch zurück.

Gerade, als sie zur Antwort ansetzen wollte, klingelte das Telefon und sie zuckte zusammen.

»Gehen Sie ruhig ran«, sagte ich. »Ich warte gern.«

Sie ging langsam zum Telefon und nahm den Hörer ab. Dann ließ sie sich in einen Sessel sinken und sah angestrengt aus dem Fenster. »Detlev –«, sagte sie schließlich, »ich kann jetzt nicht –. Ich bin nicht allein, verstehst du –«

Sie steckte sich nervös eine Zigarette an und hörte weiter zu. Ihre Augen wurden schmal vor Zorn. »Ich will dir mal was sagen«, zischte sie schnell und leise. »Mit dieser Tour brauchst du mir nicht zu kommen. Du vergißt, daß ich sie kenne, und du vergißt, was ich von dir weiß. So schnell wirst du mich nicht los, und hier ziehe ich auf keinen Fall aus.« In die Pause hinein verengten sich ihre Augen zu grünen Schlitzen. »Da hilft dir auch kein Rollkommando, mein Bester. Drohungen ziehen bei mir nicht. Das kannst du deinen Helfershelfern ausrichten.«

Sie warf den Hörer in die Gabel und lehnte sich erschöpft zurück. Sie sah genau aus wie jemand, der ziemlich tief in Schwierigkeiten steckt.

»Sie sehen«, sagte sie zu mir, »ich mache keinen Spaß!«

Ich wußte nicht, was sie von mir erwartete.

»Dann sollten Sie jetzt reden, bevor ich ungeduldig werde. In der Eysseneckstraße wurden einige wertvolle Möbel gestohlen. Das müßte Ihnen bekannt sein.«

»Verschwinden Sie!« Ihre grünen Augen funkelten aggressiv. »Von mir erfahren Sie nichts!«

So war hier nichts zu holen. Auch mit heftigen Drohungen kaum. Wenn ich von ihr erfahren wollte, mit wem sie zusammenarbeitete, dann mußte ich geduldig sein. Ich sah auf die Uhr. In drei Stunden war ich mit Ferdinand verabredet, und ich hatte noch kein Stück gepackt und einiges zu erledigen.

»Sie klären«, sagte ich entschlossen, »ob die Möbel von Herrn von Kadell in, sagen wir, spätestens 2 Tagen wieder da stehen, wo sie gestohlen worden sind. Wenn Ihnen das gelungen ist, gebe ich Ihnen Bedenkfrist bis Montagabend. Dann werden Sie mir berichten, was Sie wissen. Wenn Sie sich zwischendurch davonmachen oder irgend jemanden warnen, übergebe ich der Polizei, was ich habe – von Hadern, diverse Fotos, Videoaufnahmen, Ihren Namen und eine ziemlich umfangreiche Aussage.«

»Und wenn ich rede?« Ihr Blick war nicht lauernd, aber nun wieder hellwach. Ihre Hände zerdrückten ein Päckchen Zigaretten.

»Dann sehen wir weiter. Ich verspreche Ihnen nichts.«

Wir nahmen aneinander Maß. Schließlich hob sie die Schultern.

»In Ordnung. Ich hoffe, Sie sind fair. Ich schaue, was ich machen kann.«

Sie wählte eine Frankfurter Nummer. Sie sprach kurz und sachlich, ihr Ton war geschäftsmäßig. Wenn sie mich nicht gut täuschte, kannte sie auch diesen Gesprächspartner nicht persönlich.

»Es handelt sich um ein Versehen«, sagte sie. »Von Hadern hat sich geirrt. Wenn die Möbel nicht in zwei Tagen wieder da stehen, wo sie her sind, gibt es eine Menge Ärger – für alle.« Sie unterbrach sich und verzog den Mund, während sie der Stimme am anderen Ende der Leitung zuhörte. »Ich kann das jetzt nicht erklären. Hier jedenfalls ist keine Stelle undicht. Aber wenn das nicht passiert, kann es durchaus dazu kommen.«

Schließlich legte sie auf und sah mir in die Augen. »Die Möbel werden dort sein, ich verspreche es.«

»Ich möchte Sie Montag abend wiedersehen«, sagte ich.

Sie nickte.

»Montag abend hier, um 20 Uhr. Und keine Tricks.«

»Ja.« Mehr sagte sie nicht. Dann brachte sie mich zur Tür. Ihr Mund versuchte so etwas wie ein Lächeln. Es sah nicht gerade routiniert aus, vielleicht rührte es mich deshalb.

»Gehen Sie nicht zur Polizei«, bat sie leise.

Ich hob abwehrend die Hand.

»Ich habe nichts versprochen«, stellte ich fest. »Was übrigens wissen Sie von Detlev, das außer Ihnen niemand wissen darf?«

Es war ein Schuß ins Blaue, aber er traf. Sie wurde blaß und trat einen Schritt zurück. Ihre Augen verengten sich wieder, als sie sagte: »Sie kennen ihn?«

Ich zuckte mit den Achseln.

»Ihm gehört dieses Haus.«

»Und er will Sie raus haben, nehme ich an.« Ich konnte gut verstehen, daß sie keinen Grund hatte, unbeschwert zu sein.

»Ja, und zwar mit aller Gewalt.« Jetzt zuckte Marizza Kühl mit den Achseln. »Vielleicht erzähle ich Ihnen auch das am Montag. Wenn nicht bis dahin –«

Sie unterbrach sich, als wäre ihr etwas eingefallen. »Wir werden sehen«, sagte sie. Sie schloß die Tür, und ich ging.

Sonntag, 7. Oktober, abends. Das Wochenende war schön gewesen, wenn auch mit Sicherheit das letzte im Elsaß. Nichts gegen gutes Essen, nichts gegen meine Landsleute, aber zuviel von beidem stört die Laune nachhaltig. Zudem fing ich langsam an, mir Sorgen zu machen, wie ich dieses Vabanquespiel zu einem guten Ende bringen sollte. Ferdinand wußte von Udo, und Udo wußte von Ferdinand, aber beide wußten nur die Hälfte.

Immerhin würde ich in einer Sache bald mehr als die Hälfte wissen, dachte ich, als ich die Wohnungstür öffnete.

In der Küche war eine fröhliche Versammlung beim Pizzamachen zugange. Udo schnitt Paprika, Rosa hackte Zwiebeln, und eine Reihe von unbekannten Gesichtern machte sich anderweitig nützlich.

Udo umarmte mich zärtlich, wenn auch durch die Versammlung gehemmt.

»Wir haben die Messe so gut wie überstanden«, flüsterte er.

»Heute?«, fragte ich verständnislos.

»Morgen ist nur noch der übliche Büchertausch auf Kosten der Verlage und zum Nutzen von uns Würstchen.« Dann führte er mich zu den anderen. »Die nettesten Leute sind heute hier... Das ist Walter, er hat einen kleinen Verlag in Zürich. Das ist Birgit, Deutschlands beste Illustratorin. Das ist...«

Ich versuchte gar nicht erst, mir alle Namen zu merken. Außerdem war mir nicht nach Trubel und endlosen Messe- und Branchengesprächen: »Der olle Gert hat doch tatsächlich...« »Habt Ihr die neue Schmidt-Edition angesehen?« »Und diese Eva in diesem unmöglichen rosa Kleid...« »Fünfzigtausend Vorschuß? Für einen öden deutschen Krimi?« »Kafkas ›Briefe an den Vater‹ wird auch verhökert. Das hatte doch Jung-Jochen herausgegeben.« »Ob sich schon mal jemand überlegt hat, warum ausgerechnet der?« »Ach laßt doch den armen Kerl endlich mal in Ruhe«, zischte ein anderes fremdes Gesicht. »Der hat jetzt so 'nen Schlamassel am Hals, nachdem ihn der Alte rausgeworfen hat. Und gegenüber dem zeichnet er sich immerhin noch als Mensch aus!«

Aus Richtung WG kam Fritz und lächelte mich an. Wir umarmten uns, und ich freute mich wirklich, ihn wiederzusehen. Das letzte Mal war lange vor seiner Niederlage.

»Das ist ja schön«, ich strahlte zurück. »Was machst du denn jetzt?«

»Dortmund...«, sagte er verschmitzt. »Schulden abtragen.«

»Ach ja, Udo hat mir was erzählt. Aber so hast du deine Laufbahn ja schon begonnen.« Wir stießen mit unseren Gläsern an.

Daß er sich wieder rappelte, hoffte ich sehr. Fritz ist wohl der besessenste in der Buchbranche und ein netter Mensch dazu. Vor Jahren hatte er seinen Traum verwirklicht und auf der schwäbischen Alb die schönsten Bücher zu verlegen begonnen. Und Udo erzählte mir einmal, daß

Fritz seine Laufbahn damit begonnen hatte, in einer medizinischen Wochenzeitung seinen Namen statt dem des Bundesgesundheitsministers unter dessen Vorwort zu setzen – worauf die Auflage eingestampft, der Hersteller-Lehrling Fritz gefeuert wurde und die Schulden jahrelang abtragen mußte.

Mit Fritz an meiner Seite blieb ich noch eine Stunde beim Buchmessen-Getratsche in der Küche, aß ein Stück Pizza und verabschiedete mich dann.

»Seid mir nicht böse«, sagte ich. »Ich muß noch ein paar Telefongespräche führen. Ich verzieh' mich mal...«

Udo schaute mir enttäuscht nach.

Ich packte meinen Koffer aus und versuchte, mir eine Strategie zurechtzulegen. Aber es wollte mir nicht gelingen, denn ich bekam mein Doppelmannproblem nicht aus dem Kopf. Schon gut, daß Udo beschäftigt war...

Montag, 8. Oktober. Der Verkehr in der Stadt hatte sich wieder einigermaßen beruhigt, die Buchmesse war im Ausklingen. Ich war schon früh im Büro, obgleich ich die letzten Tage nicht sehr viel geschlafen hatte. Ich mußte einiges an Arbeit nachholen. Jekyll diente mir als Fußwärmer, so ließ sich der kalte Raum besser aushalten. »Hauptkommissar Kaiser, bitte«, noch war der Telefonhörer kalt. »Hier spricht Ruth Maria von Kadell. Danke.« Es dauerte eine Weile, bis Ferdinands Sekretärin ihren Chef gefunden hatte.

»Na, störe ich? Bist du schon wieder voll im Dienst?... Ja, schön war's, aber das nächste Mal lieber in die Champagne oder gleich nach Paris.« Ferdinand war gleichermaßen elsaßgesättigt wie ich.

»Kannst du mir die Autonummer eines Lastwagens ausfindig machen? Ja... Hast du was zu schreiben? Das war F-

Z 748... Rufst du mich an? Danke!« Ich hatte ihm am Wochenende in groben Zügen von meinem Fall erzählt, und es schien, als ließe Ferdinand an diesem Morgen alles liegen und stehen für mich. Ein bißchen sentimental waren wir beide, als wir uns gestern abend vor meiner Haustür trennten.

Dann suchte ich das Telefonbuch nach der Möbelschreinerei Rütters ab. Ich rief die Auskunft an, konnte aber nur erfahren, daß in Königstein dieser Nachname lediglich in Verbindung mit dem Vornamen Alfred eingetragen war. Der hatte, das wußte ich von Udo, zwar auch keinen Grund, auf seine Vergangenheit stolz zu sein, war aber der Falsche. Neuerdings handelte er mit Wein und verkaufte Versicherungen in der DDR. Das brauchte ich also nicht zu überprüfen. Mein nächster Anruf galt der Schreinerinnung, aber auch dort war keine gleichnamige Firma eingetragen, und die nette Dame am Telefon schaute sogar noch in den Registern der beiden vergangenen Jahre nach, ohne fündig zu werden. Nun konnte nur noch Ferdinands Nachricht weiterhelfen. Ich ging in die Küche und setzte neuen Kaffee auf, dann zur Trinkhalle gegenüber, Zigaretten holen. Die Stange Gauloises aus Frankreich lag leider noch bei Ferdinand im Wagen. Als ich die Wohnungstür aufschloß, klingelte sich soeben das Telefon heiß.

»Ja, Kadell«, schnaufte ich in den Hörer.

»Wo hab ich dich denn gerade hergeholt?«, es war Ferdinand.

»Zigaretten holen, hast du was rausgekriegt?«

»Nicht so hastig. Es sieht schlecht aus für dich. Der Wagen war schon Ende letzten Monats gestohlen gemeldet. Eigner ist nicht die Möbelschreinerei im Taunus, sondern ein kleiner Metzger auf der Schweizerstraße. Der ist völlig unverdächtig.«

»Scheiße...« entfuhr es mir.

»Na, naa...«

»Entschuldige, Ferdinand, aber das paßt mir überhaupt nicht in den Kram. Genannte Möbelschreinerei existiert schließlich auch nicht. Die haben den Wagen vermutlich lackiert.«

»So oder ähnlich«, jetzt zeigte sich wieder der Hauptkommissar. »Es tut eigentlich nichts zur Sache, wie die das gemacht haben. Was willst du tun?«

»Vielleicht benötige ich nochmals deine Hilfe. Ich habe dir doch von der Fensterputzfirma erzählt. Da fahre ich heute noch vorbei. Vielleicht ist es gut, wenn du das schon mal weißt.«

»Sei bloß nicht unvernünftig!« Ferdinand war völlig ernst. »Du weißt ja, daß ich sowieso nichts von dem wissen dürfte, was du treibst. Also, fordere die Typen nicht heraus!«

Ein Blick ins Handelsregister half mir weiter. Die ›Frankfurter Gebäude- und Fensterreinigungs GmbH‹ wurde 1984 gegründet, der Geschäftsführer hieß Norbert Meister.

Diesmal fuhr ich mit dem Wagen in den Hinterhof und ganz vor bis zum Büro der Gebäudereinigung. Dort wendete ich und stellte den Golf in Fahrtrichtung. Dann stieg ich aus und sah mich um. Der Hof war leer, die Tür zur Lagerhalle geschlossen und weit und breit nichts zu sehen außer einem neuen S-Klasse Mercedes, einem Opel Kadett Kombi, zwei oder drei Fahrrädern und einem schweren Motorrad. Die Autonummern notierte ich mir. Ich ging ins Büro, und die Sekretärin vom letzten Mal stand mir wieder im Weg.

»Guten Tag«, ich ging gleich in die Offensive. »Ich möchte zu Herrn Meister.«

Sie schaute mich kurz an und meinte nur, »Isch waas net, ob der Herr Meister grad Zeit hat!«

»Er wird«, antwortete ich nur. Sich hier auf Diskussionen einzulassen, wäre unnütz gewesen. Sie drehte ab und wandte sich einer der braun furnierten Türen zu. Nach einer halben Minute kam sie wieder heraus und hinter ihr ein Mann Anfang Fünfzig.

Er war rothaarig, groß und kräftig. Ein bißchen vierschrötig, so ein Typ zum Pferdestehlen, mit einem verläßlichen Unterkiefer. Er trug eine Brille mit Metallgestell und über beigebraunen Cordhosen ein dezent gestreiftes Baumwollhemd und eine alte Wildlederjacke. Seine Augen waren bernsteinfarben und hellwach. Er sah genau aus wie mein Onkel Georg, den ich mit elf Jahren heiraten wollte. »Meister«, stellte er sich vor, »was kann ich für Sie tun?«

Ich reichte ihm meine Visitenkarte für spezielle Anlässe: Ruth Maria von Kadell, Schloß Waldstetten, und sagte, ich hätte ein spezielles Anliegen. Die Sekretärin schaute mit verstohlenem Blick herüber. Meister las die Visitenkarte und bat mich in sein Büro.

»Nehmen Sie Platz«, sagte er lächelnd. »So hohen Besuch haben wir hier nicht oft. Was kann ich für Sie tun?«

»Eine Tante von mir«, sagte ich, »besitzt ein großes Haus im Taunus. Eine kleine Burg, alter Familienbesitz, und an die vierzig Räume. Sie lebt da allein, mit wenig Personal, und ich kümmere mich ein bißchen um sie. Jetzt ist da ein Problem aufgetreten, und ich bin ratlos, wie es zu lösen ist. Ich bin auch nicht sicher, ob ich bei Ihnen richtig bin. Keinesfalls möchte ich Ihre Zeit zu sehr in Anspruch nehmen...«

»Machen Sie sich darüber keine Gedanken«, sagte er. »Ich höre Ihnen gern zu.«

Ich schlug die Beine übereinander und bot ihm eine Zigarette an. Wir rauchten einträchtig miteinander.

»Nun ist die Sache so, daß ihr Hausmeister gekündigt hat. Er war der einzige Mann im Haus, und er war auch für die Fensterreinigung zuständig. Sie können sich vorstellen, daß das bei einem solchen Anwesen keine Kleinigkeit ist...«

Er nickte verständnisvoll.

»Ich habe ihr versprochen, mich dieses Problems anzunehmen, ein bißchen voreilig vielleicht. Denn ich habe in der Gegend selbst niemanden gefunden, der diese Aufgabe übernehmen wollte, und deshalb bin ich hier. Ich weiß nicht, ob Sie Aufträge für Privathäuser überhaupt annehmen...?«

»In der Regel nicht«, sagte er. »Wir übernehmen die Fensterreinigung für große Objekte in Frankfurt und Umgebung, Fabrik- und Bürogebäude. Etwas anderes lohnt sich kaum.«

»Aber gibt es denn nicht auch eine Reihe von Privathaushalten, die ihre Fenster professionell reinigen lassen?«

»Nun, die gibt es schon«, sagte er sinnend, »und hin und wieder helfen wir da auch mal aus. Aber wissen Sie – ein Geschäft ist das nicht. Allein die Anfahrtzeiten –«

»In diesem Fall handelt es sich immerhin um an die neunzig Fenster...«

Das Telefon klingelte, und er griff zum Hörer. »Sie entschuldigen mich...«

Während er telefonierte, sah ich mich aufmerksam um. Meister schien Segler zu sein, Fotos von ihm auf einer Hochseejacht hingen an den Wänden. Ein teures Hobby.

Ich konnte meine Strategie immer noch ändern, aber er sah nun einmal Onkel Georg so ähnlich... Ich hatte keine Lust auf eine Auseinandersetzung. Ich hoffte nur auf eine Gelegenheit.

Als hätte ich das Schicksal auf meiner Seite, steckte die Sekretärin den Kopf zur Tür herein und sagte: »Herr Meister, draußen sind die Männer von Gruppe Belmer und sagen, sie wüßten nicht wohin mit –«

»Ich komme sofort«, unterbrach er sie scharf. Vermutlich eine neue Lieferung, dachte ich. Die Herren sollten eine intelligentere Sekretärin beschäftigen.

Meister war mit dem Telefonat bald fertig. Er sah mich prüfend an.

»Ich warte gern einen Moment«, kam ich ihm zuvor. Er ließ seine Augen kurz über seinen Schreibtisch gleiten und sagte: »Ich bin sofort wieder da.«

Sobald ich ihn auf den Hof gehen sah, ging ich zu seinem Schreibtisch hinüber. Ein schwarzes Notizbuch in Kunstleder lag in einer offenen Schublade, die Ecke einer Fotografie schaute aus seinem Schnitt. Auf dem Foto war ein vollständig eingerichtetes Zimmer zu erkennen – astreiner Jugendstil. Ich blätterte weiter: Namen, Adressen, Telefonnummern, die meisten in Frankfurt, die anderen in der Umgebung. Hinter all diesen Adressen stand eine Kombination von jeweils drei Ziffern und zwei Großbuchstaben geschrieben. Ich drehte das Foto um und fand auf der Rückseite einen gleichartigen Code. Meister sprach mit einigen Männern im Hof. Nach einigen Seiten fand ich die Eintragung »Frieder von Kadell, Eysseneckstraße 31, 6 FFM 1, 522022, LS 275«.

Ich sah Meister über den Hof zurückkommen und steckte das Buch in meine Handtasche. Wenn er den Verlust jetzt bemerkte, mußte ich ihm offen drohen. Lieber war es mir anders.

»Sie entschuldigen«, sagte er, als er die Tür hinter sich schloß. »Wo waren wir stehengeblieben?«

Ich war bereits aufgestanden.

»Wäre es Ihnen recht, wenn ich Ihnen ein Foto von dem Anwesen schicken würde, damit Sie es sich in Ruhe überlegen können? Wir könnten aber auch gern einmal zusammen rausfahren...«

»Das wäre mir viel lieber«, lächelte er mich jungenhaft an. »Wann hat man schon mal Gelegenheit, ein Familienschlößchen zu besichtigen...«

»Och, wissen Sie, ich mache mir nicht viel daraus«, vertraute ich ihm an. »Und der ganze alte Plunder, der da rumsteht, ist auch nicht mein Fall.«

Er sah mich aufmerksam an.

»Das Schloß ist noch vollkommen eingerichtet?«

»Aber ja! Meine Tante ist ein bißchen schrullig geworden, seit sie Witwe ist. Sie will keine ständigen Hausgenossen, und von den Möbeln will sie sich auch nicht trennen – als bräuchte sie dreißig Sessel. Ich würde den Kram ja ans Museum verkaufen. Sie können sich kaum rühren darin, sage ich Ihnen! Vor all diesem scheußlichen Barock... Interessieren Sie sich für Antiquitäten?«

»Ein bißchen«, sagte er bescheiden.

»Vielleicht hätten Sie sogar Lust, die Sachen einmal anzusehen? Wissen Sie, meine Tante ist ja ganz allein da draußen, und sie hat hin und wieder gerne Besuch. Außerdem freut sie sich, wenn sie über ihre Antiquitäten sprechen kann, sie hat so selten Gelegenheit dazu. Diese ganzen alten Geschichten – ›In dem Sessel da hat Franz der Wilde gesessen, als er‹ – und so weiter...«

»Doch, daran hätte ich durchaus Interesse«, sagte er aufrichtig. »Warum machen wir nicht gleich einen Termin?«

»Aber gern«, sagte ich und nahm unauffällig meine Visitenkarte wieder an mich, als er seinen Terminkalender aus dem Vorzimmer holte.

»Was halten Sie von nächster Woche – Dienstag, Mittwoch?«

»Mittwoch um drei wäre wunderbar«, strahlte ich ihn an. »Meine Tante würde sich wirklich freuen – und ich wäre auch sehr erleichtert! Ich hole Sie ab.«

Wir gaben uns freundlich die Hand. Und ich machte, daß ich in Würde und Eile davonkam.

Marizza Kühl trug einen blauen, tief ausgeschnittenen Pullover und die roten Haare offen. Ihr kurzer Rock war dunkelviolett, und sie sah aus wie ein Kirchenfenster. Nur ihr Blick war keineswegs madonnenhaft.

»Kommen Sie 'rein«, sagte sie kurz und ging voraus in das postmoderne Wohnspielzimmer.

Ich legte meine Lederjacke neben mich auf das Sofa und ließ mir einen Martini einschenken. Im Hintergrund lief Radiomusik.

»Haben Sie es sich überlegt?« fragte ich nüchtern.

»Ich erwarte kein Mitgefühl«, antwortete sie und sah mich offen an, »aber die Sache ist vertrackt. Es liegt bei Hadern, die Möbel zurückzuschaffen. Ich kann wenig tun, habe aber mit ihm telefoniert. Offensichtlich hat er die Hosen ohnehin voll. Sie scheinen ihn gut in der Hand zu haben. Er sagte, daß die Sachen noch in dieser Woche angeliefert würden.«

»Wieso ist Ihre Lage vertrackt, Frau Kühl? Wovor haben Sie Angst?« Mein Blick ruhte lange auf ihr. Ich wollte jede Ihrer Reaktionen sehen können.

Sie atmete tief ein. In der einen Hand hielt sie eine noch nicht glimmende Zigarette, in der anderen ein Streichholz, dessen Flamme sich langsam ihren Fingern näherte. Sie saß völlig bewegungslos auf ihrem Sofa.

»Ich wäre froh, wenn ich es schon hinter mir hätte«, sagte sie endlich und zündete sich mit einem neuen Streichholz die Zigarette an. Sie saß aufrecht in ihrem Sessel, die Beine, von denen sie viel zeigte, übereinandergeschlagen, und blies heftig den Rauch aus. »Ich weiß nicht, wo ich anfangen soll. Eigentlich darf ich nicht reden, auf der anderen Seite wäre ich froh, wenn mir irgend jemand beiseite stünde.« Sie schien ehrlich zu sein.

Marizza Kühl wurde mir langsam sympathisch. Ich mag Menschen, denen man anmerkt, daß sie sich nicht mit ihrer Lage abfinden wollen – und die wissen, daß sie zuallererst selbst an der Reihe sind, wenn es darum geht, etwas zu ändern.

»Allright«, sagte ich. »Ich stelle Ihnen Fragen, und Sie werden sie beantworten. Aber zuvor hätte ich gern noch einen Martini.«

Sie stand auf, zog sich den Rock glatt und ging mit den leeren Gläsern zur Anrichte.

»Kennen Sie die Frankfurter Gebäudereinigungs GmbH?«

»Ja.«

»Einen Herrn Meister?«

»Ja.«

»Ist er einer der Drahtzieher?«

»Nein«, sie reichte mir mein Glas. »Nur eine Zwischenstation.«

»Was macht er?«

»Auskundschaften und Zwischenlagern.«

»Mehr nicht?«, ich legte meine Stirn in Fältchen und schaute sie fragend an.

»Mehr nicht.« Marizza Kühl blieb immer noch einsilbig.

»Und die Einbrüche?«

»Das weiß ich nicht, das sind andere. Meister hat sonst keine weiteren Aufgaben.«

»An wen wandte er sich, wenn er ein Objekt ausgemacht hatte?«

»An...« Ihre Hand zitterte leicht und sie schien erfolglos nach einem Ausweg zu suchen. »An... mich.«

Ich war aufgestanden und um den Tisch herumgegangen. »An wen haben Sie diese Informationen geleitet?«

»Hören Sie«, Marizza Kühl schaute flehend zu mir auf.

»Ich komme in Teufels Küche. Ich kann Ihnen das nicht sagen.«

»Fühlen Sie sich bedroht?« Ich setzte mich neben sie und aschte meine Zigarette ab. Sie rückte etwas zurück.

Ich schaute ihr in die Augen. »Sie haben doch den Kontakt zu den Händlern gehalten, und Sie waren mindestens ein Bindeglied zwischen den Köpfen der Organisation und dem Rest. Oder etwa nicht?«

»Ja, natürlich.« Ihre Antwort war so forsch wie meine Frage. Sie griff nach einer neuen Zigarette und warf die Schachtel achtlos auf den Tisch zurück.

»Wollten Sie nie aussteigen?« fragte ich sie.

Marizza Kühl zuckte die Achseln. »Doch öfters, natürlich wollte ich...« Sie dachte nach. »Das geht nicht so einfach. Ich brauchte das Geld. Außerdem kommt man aus so was nicht so leicht raus.«

»Kennen Sie Ihren Auftraggeber?« Mir war längst klar, daß sie nicht ganz an der Spitze der Organisation sitzen konnte. Geschäftsprinzip Nummer 1 dieses Vereins war wohl, daß der einzelne so wenig wie möglich wußte und die Abhängigkeiten klein gehalten wurden. »Haben Sie ihn schon einmal gesehen?«

»Nein... das heißt, doch. Ganz zu Anfang, vor etwa drei Jahren.«

»Erinnern Sie sich an ihn?«

»Nur schwach, kaum. Ich sagte doch, vor drei Jahren.«

»Ich glaube Ihnen nicht«, sagte ich zu ihr und schaute sie lange an.

Es schien eine Ewigkeit zu dauern, in der wir uns schweigend gegenübersaßen. Auf einmal fing sie an zu reden und wich die ersten Momente noch meinem Blick aus.

»Ich habe nicht einmal eine Telefonnummer«, sagte sie.

»Zweimal die Woche, so war die Vereinbarung, wurde ich angerufen. Dienstags und freitags, jeweils um zwanzig Uhr. Bekam Anweisungen und mußte vor allem Meisters Informationen weitergeben.« Sie redete wie ein Wasserfall. »Immer Adresse mit Code. JS beispielsweise für Jugendstil, die Drei für das Stockwerk, die Fünf für die Anzahl der Exemplare, Zwei bedeutete, daß noch zwei andere Sachen von Wert in diesem Raum zu holen waren. Meisters Aufgabe war lediglich, auszukundschaften, wie ich es schon gesagt habe. Er hat zwei Leute in seiner Firma, die nur dazu da sind. Sie fahren los und stellen an Häusern in den entsprechenden Vierteln ihre Leitern an und putzen die Fenster. Natürlich nur, wenn niemand zu Hause ist...«

»Und dabei«, unterbrach ich sie, »werden dann die Fotos gemacht?«

»Ja.« Marizza Kühl sprach mit gepreßter Stimme weiter. »Ich erhielt die Fotos, wertete sie aus und versah sie mit den entsprechenden Codes. Dann ließ ich je zehn Abzüge machen und wartete auf den Anruf. Ich gab die Sachen durch und erhielt die Anweisung, wohin ich die Fotos zu schicken hatte.«

»Mit wem hatten Sie sonst noch zu tun?« Ich stand auf und ging zum Fenster.

»Mit niemandem sonst«, antwortete sie mir eine Spur zu schnell.

»Haben Sie die Adressen der Händler?«

»Nein«, sie zuckte leicht und beinahe unmerklich zusammen.

»Wirklich nicht?« Ich blieb hartnäckig. »Sie erwähnten doch, daß Sie die Abzüge wegschickten.«

»Nein!«

»Sie versuchen doch, mir etwas vorzumachen!« sagte ich und machte Anstalten zu gehen.

»Wirklich nicht! Ich schickte die Fotos immer postlagernd in die verschiedensten Städte. Mal Süd, mal Nord – egal.« Jetzt glaubte ich ihr kein Wort mehr. »Dann überlegen Sie sich mal, woher Sie von Hadern kennen! Verschaukeln Sie mich doch nicht!« Ich stand auf und griff nach meiner Jacke. »So hat es keinen Sinn, Frau Kühl. Wir treffen uns morgen abend um 20 Uhr im Orfeo. Bis dahin haben Sie Zeit genug, sich zu überlegen, was Sie mir erzählen können, ohne mich anzulügen! Sie wissen ja, es geht auch anders. Ich brauche meine Zeit nicht mit Ihnen zu verschwenden. Seien Sie pünktlich!«

Marizza Kühl saß in sich versunken auf ihrem Sofa und stierte in den Aschenbecher, als könnte sie ihren Mut darin finden.

»Warten Sie«, sagte sie, als ich die Tür öffnete.

»Morgen, 20 Uhr. Pünktlich!« sagte ich und zog die Tür hinter mir zu.

Als ich unten in der Moselstraße mein Fahrrad vom Laternenmast loskettete, hatte ich das unbestimmte Gefühl, beobachtet zu werden. Ich schaute mich um, doch außer den Mädchen, die hier ihr Geld seit Aids schwerer verdienen müssen und ein paar eindeutig als Freier erkennbaren Typen, sah ich niemanden. Ich radelte die Kaiserstraße hinunter und wollte die Gallusanlage überqueren. Immer wieder hatte ich mich umgeschaut, konnte aber keinen Verfolger ausmachen. Am Eingang zur Gallusanlage standen über hundert Leute um drei VW-Busse der Polizei herum. Die Beamten hatten einige von ihnen festgenommen. Es sind die kleinen Dealer und Drogenabhängigen, die sich in dieser Ecke der Stadt treffen. Bemitleidenswerte Menschen und Opfer der neuen Behaglichkeit, aus deren Perspektive sie keiner mehr zur Kenntnis nimmt.

Ich mußte mit dem Fahrrad über den Rasen fahren, unter den Bäumen durch, anders war an ein Durchkommen nicht zu denken. Als ich die Straße wieder erreicht hatte, verlor mein Vorderrad die Luft. Eine Einwegspritze hatte sich auf dem Rasen durch den Reifen gebohrt. Mein Fluchen war laut genug, daß sich einige Köpfe zu mir drehten. Ich war mir nicht sicher, glaubte aber für einen kurzen Moment, hinter ihnen ein Gesicht erkannt zu haben, das mir schon in der Kaiserstraße aufgefallen war, als ich am ›Pleasure Sex-Shop‹ vorbeifuhr. Mit der Spitze meines Schuhes stieß ich die Spritze weg und schob mein Rad Richtung Hauptwache. Vor der Mercedes-Benz Niederlassung blieb ich stehen und schaute ins Schaufenster. Das Gesicht war nicht mehr zu sehen. Trotzdem steuerte ich zur Bethmannstraße hinüber und lud mein Fahrrad vor dem Frankfurter Hof in ein Taxi, das mich nach Hause fuhr.

Dienstag, 9. Oktober. Es war spät geworden gestern abend. Nachdem ich zu Hause das Vorderrad meines Fahrrads abgeschraubt und in der Wohnung geflickt hatte, traf ich noch Ferdinand bei unserem geheimen Spanier. Der ist der größte Restaurantschleicher Europas, läßt allerdings in der Küche eine ausgezeichnete Paella zubereiten. Mit seinem Namensvetter Dali betreibt er Denkmalpflege, daß es eine Art hat: überall hängen Reproduktionen seiner spanischen Alpträume, Photos des Exzentrikers, Autogramme hinter Glas... Der Wirt trägt einen entsprechenden Aufhänger unter der Nase und käme längst selbst als Objekt für Denkmalpflege in Frage.

Vor zwei Jahren hatten Ferdinand und ich hier unser erstes privates Treffen – nach einigen mißglückten Plastikbecherautomatenkaffees im Präsidium. So kamen zu diesem Ort sentimentaler Totenverehrung also unsere halbfrischen Erinnerungen hinzu... a real sentimental place.

Bei so viel Gefühlsaufwind war es nicht weiter erstaunlich, daß wir ohne größere Umstände in Ferdinands 2-Zimmer-Wohnung landeten. Eine Flasche Champagner, leftover vom vergangenen Wochenende, brachte uns in jene spezielle Stimmung glorioser und nicht enden wollender Verliebtheit, in der Zeit keine Rolle zu spielen scheint und jeder Blick auf die Uhr einem Sakrileg gleichkäme. Es wurde schon hell, als wir in Erwägung zogen, dem Schlafbedürfnis Tribut zu zollen.

Für Ferdinand klingelte der Wecker pünktlich und erbarmungslos um viertel vor acht. Er fluchte, schwang seine langen Beine aus dem Bett und verschwand unter der Dusche, nachdem er die Kaffeemaschine ihrer Bestimmung zugeführt hatte. Er stellte mir – fürsorglich und vollkommen sinnlos – noch eine Tasse schwarz ans Bett, bevor er endgültig in den Beamtenstatus verschwand.

Ich träumte wirr von einem Treffen mit Marizza, bei dem sie ein Messer zückte, um nicht sich selbst, sondern mich gegen einen Angreifer aus dem Hinterhalt zu verteidigen. Neben uns stand Inspektor Korkbach an der Theke und nölte, daß man sich über solche Ereignisse im Orfeo nicht zu wundern brauchte, solange die Türen derart schlecht gesichert seien. Während ich ihn noch anraunzte, er solle nicht so entsetzlichen Unsinn schwatzen, kam der Polizeipräsident persönlich in die Kneipe. Er begrüßte Dani Cohn-Bendit mit Handkuß, kniff den schwulen Kellner augenzwinkernd in den Hintern und bestellte einen Gin Fizz. Dann sah er mir geradewegs in die Augen und sagte: »Ferdinand Kaiser ist entlassen. Intime Beziehungen zu Privatdetektivinnen sind unseren Beamten strengstens untersagt.« Bei dem Wort ›intim‹ verzog er die Lippen. Ich schnappte nach Luft. Marizza Kühl zog ihr Messer aus der Schulter des Angreifers und hielt es dem Polizeipräsidenten unters Doppelkinn. »Wenn Sie diese Frau nicht auf der Stelle in Ruhe lassen«, zischte sie, »mache ich Sie kalt und Ihren Korkbach mit Bartflaum dazu!« Mitten in diesen Tumult tauchte Udo auf, Arm in Arm mit Luise Rinser, die mit einem Stock in der Luft herumfummelte und fortwährend rief: »Den hat mir Luis Trenker geschenkt, noch kurz vor seiner Beerdigung! Dies ist die Feder der Zukunft!« Udo sah aus, als wäre ihm das alles ziemlich peinlich. Er flüsterte mir ins Ohr: »Du verstehst – eine Autorin!« und sah mich beschwörend an. Luise Rinser und der Polizeipräsident begannen, einen Schuhplattler zu tanzen, und Dani Cohn-Bendit, der auf einmal ein Mikrofon in der

Hand hielt, mimte den Conferencier und wackelte mit dem Bürzel. Der Polizeipräsident bedankte sich mit Tränen in den Augen bei Luise Rinser für den Tanz. Dann übernahm er das Mikrofon und sagte: »Meine Damen und Herren, Sie haben von den großartigen Erfolgen der ost-west-übergreifenden Terroristenfahndung seit dem Fall der Mauer gehört. Es ist mir eine besondere Freude, Ihnen mitteilen zu dürfen, daß uns heute morgen ein besonderer Coup gelungen ist: Karl Liebknecht ist gefaßt. Er war in Chemnitz untergetaucht, wo er unerkannt über nunmehr 71 Jahre das Druckerhandwerk versah, zuletzt beim ›Sächsischen Morgen, Ausgabe Karl-Marx-Stadt‹. Ich beglückwünsche unsere Beamten hüben und drüben zu diesem beispielhaften Erfolg.« Gigantischer Jubel brach los, der schwule Kellner schmiß eine Runde Sekt und Dani Cohn-Bendit gab Luise Rinser einen Zungenkuß. Dann wachte ich Gott sei Dank auf.

Ich nahm zwei Aspirin auf den Schreck, schüttete den kalt gewordenen Kaffee hinunter und klaubte zwischen Champagnerkelchen und Kaffeetassen meine Sachen zusammen. Ich verließ die Wohnung des Hauptkommissars nahezu fluchtartig.

Zu Hause lief ich Udo in die Arme, der mich mit vorwurfsvollen Augen ansah.

»Wir waren zum Frühstück verabredet...«

»Ich weiß...«, murmelte ich schuldbewußt, »das heißt, ich hab's natürlich vergessen, bis eben, da fiel's mir wieder ein...«

Ich machte mich an der Kaffeemaschine zu schaffen und fummelte einen neuen Filter hinein.

»Wir führen ja eine fortschrittliche Beziehung«, hörte ich Udos sarkastische Stimme hinter mir, »und insofern geht es mich natürlich überhaupt nichts an, wo du die Nacht verbracht hast und mit wem. Es wäre allerdings von Vorteil, wenn wir die nächste Frühstücksverabredung dann direkt auf elf Uhr verlegen würden – wenn du solche Situationen früh genug voraussehen solltest...«

Diesen Ton ertrug ich schon immer schlecht. Wenn er mich angeschrien hätte, mir eine klassische Szene gemacht oder türknallend verschwunden wäre – damit kann ich umgehen. Aber dieser selbstgerechte Ton treibt mich in die Defensive, und dann werde ich gemein.

Zum Glück tauchte Jekyll auf, bevor ich antworten konnte. Er wedelte mit seinem Schwanzstummel, strich mit dem Kopf an meinen Beinen entlang, und ich beugte mich zu ihm hinunter, streichelte sein weiches Fell und schmuste ausgiebig mit ihm – gleichsam zur Strafe für Udo natürlich, obwohl mir das nicht sofort klar war.

»Tja, wenn man eine Bulldogge wäre...«, hörte ich seine Stimme im Rücken. Ich kniff die Oberlippe zwischen die Zähne und atmete kräftig durch. Also der Nebenschauplatz. »Laß Jekyll aus dem Spiel«, sagte ich schließlich so ruhig, wie es mir möglich war. »Dieser Hund kann nun wirklich nichts dafür, daß du dich betrogen fühlst.«

»Oh, nein, dieser Hund ist natürlich unschuldig. Nur gut, daß er für dich da ist, in solchen Situationen... Sozusagen dein zweites Ich, bereit in guten wie in schlechten Zeiten. Schade nur, daß ich alleine bin...«

Mir war sofort klar, worauf er anspielte: Sein Papagei, der mir jahrelang das Leben schwer gemacht hatte, verschied eines Tages aus ungeklärten Umständen: Jekyll und er waren allein in der Wohnung gewesen, und sein Käfig war offen. Seither stand der ungeklärte Vorwurf zwischen uns, daß ich den Käfig offengelassen hatte, damit Jekyll den Ara kaltmachen konnte – was natürlich völlig lächerlich war.

»Vielleicht können wir diese alte Geschichte endlich einmal begraben«, brauste ich auf, «und du hörst auf damit, olle Kamellen aus der Kiste zu holen, wenn du Probleme hast. Nur, weil du es mit deinem Selbstbild nicht vereinbaren kannst, eifersüchtig zu sein! Der souveräne, intellektuelle Udo Manthey – eifersüchtig? I wo! Lieber kleinlich, spießig und nachtragend. Und immer schön cool dabei, nur nicht aus der Rolle fallen!«

Udo wurde fahl wie ein Blatt Umweltschutzpapier. Mit unbewegter Miene sagte er kalt: »Bitte, wenn du dein Gewissen damit entlasten kannst, mich einen Spießbürger zu nennen – dann nur weiter so. Ich stehe gern zur Verfügung.«

Er nahm seine Aktentasche vom Küchenstuhl und griff nach seinen Schlüsseln. Steif wie ein Leitzordner ging er zur Wohnungstür.

»Gewissen? Wieso Gewissen?«, schrie ich ihm hinterher. »Wann habe ich denn von dir mehr gesehen als übermüdete Falten im Gesicht, das letzte halbe Jahr? Konferenzen, Konferenzen und wieder Konferenzen, als wäre dieser blöde Verlag dein Lebensgrund schlechthin und Gottvater Siegmund deine Amme! Da ist es doch kein Wunder...«

Mitten in meine Tirade fiel die Wohnungstür ins Schloß, und ich konnte ihm das nicht einmal übelnehmen. Denn mit Udos Konferenzen hatte meine Beziehung zu Ferdinand nun wirklich nichts zu tun. Im Gegenteil, sie waren mir gut zupaß gekommen bei dieser Affäre, die mittlerweile schon keine mehr war. Und das Schlimmste: In dieser Hinsicht konnte ich Udo nun rein gar nichts unterstellen. Im Gegensatz zu mir war er immer klar gewesen in Fragen des Gefühls.

Wenn ich nur wüßte, wie ich mich entscheiden sollte... Im Grunde war ich aufgebracht, daß ich mich überhaupt entscheiden mußte. In den frühen siebziger Jahren wäre die Welt auf meiner Seite gewesen: kleinbürgerliche Besitzansprüche, spießige Zweierkiste, das Recht auf's Ausleben der Bedürfnisse... Das war zwar alles Papier gewesen, hätte mir jetzt aber ganz gut in den Kram gepaßt. Statt dessen war ich umgeben von Pärchen, die ihren Kleingarten hegten und pflegten, und meine Schuldgefühle wuchsen ständig.

»Ach, Sch...«, murmelte ich. Jekyll schmiegte sich an meine Beine, und ich nahm ihn auf den Schoß. Er sah mich an, als wollte er sagen: Was willst du nur mit diesen fremden Männern? Sind wir beide uns nicht genug? Ich mußte lachen, und dabei kamen mir die Tränen. Ich schmiß ein bißchen Porzellan an die Wand, nahm drei Schlaftabletten und haute mich in die Falle.

Der Wecker klingelte um 18 Uhr. Ich schlich in die Küche und machte mir einen Kaffee, in dem der Löffel stehen blieb. Schon gut, daß Rosa nicht da war – sie hätte meine verheulten Augen gesehen, und dann hätte ich über das reden müssen, was ich nur zu gern vergessen wollte.

Ich sah in den Spiegel und schnitt ein Gesicht: Geschwollene Lider, ein verquollenes Lächeln. Ich stand lange unter der Dusche und schminkte mich dann sorgfältig. Dann probierte ich gründlich meine Garderobe durch und war mit nichts zufrieden. Das Orfeo glänzt durch Understatement, aber gerade da kommt es auf die Kleinigkeiten an. Schließlich blieb es doch bei Lederjacke und Designerjeans. Immerhin war ich im Dienst.

Die Straßen waren wie leergefegt. In den Tagen nach der Buchmesse verkriecht sich Frankfurt in sich selbst und wird wieder zu der stickigen Möchtegernmetropole, die es immer war und bleiben wird, Herrn Sondermann sei Dank. Der einzige Hesse mit Humor spricht in ›Titanic‹.

Ich bekam einen Parkplatz fast direkt vor dem Haus, in der Nähe meiner Lieblingspizzeria. Die ist so klein und bescheiden, daß man von allen Bekannten verschont bleibt, die man garantiert nicht treffen will, und die Spaghetti matriciana sind die besten in der Stadt. Ich hätte nun lieber mit Ferdinand da gesessen als im Orfeo mit Marizza Kühl. In Momenten wie diesen interessierte mich meine

Arbeit einen Dreck. Ich wünschte mir ein ordentliches Privatleben mit einem festen Freund bei der Sparkasse und einer Arbeit im Büro, bei der man sich montags über das vergangene Wochenende unterhält, freitags sich auf das nächste vorbereitet und dazwischen die Nägel lakkiert, in die Kantine geht und ein paar Akten hin und her schiebt. Eine Urlaubsreise im Sommer und jährlich eine tarifliche Gehaltserhöhung. Und sonntags zu den Schwiegereltern. Statt dessen traf ich mich Dienstagabends mit einer Rothaarigen, die auf die schiefe Bahn geraten war, ließ mich von irgendeinem Schweinehund verfolgen, ohne ihn bisher überhaupt gesehen zu haben, fuhr ein verstohlenes Wochenende mit einem Kommissar ins Elsaß und machte um meinen Freund einen moralischen Bogen. Der Umgang mit Verbrechern macht eben doch nicht skrupellos...

Ich schlenderte langsam aufs Orfeo zu und hatte nicht übel Lust, die ganze Sache platzen zu lassen. Sollte doch der Bembel von Kommissar die Sore einfahren, ich wollte nur noch nach Hause und einen Dashiell-Hammett-Krimi lesen, in dem Detektive keine Sinnkrise haben und die Liebhaber sich einfach in Luft auflösen, wenn sie überflüssig sind. Marizza Kühl konnte sehen, wie sie ohne mich fertig wurde und die 8000 Mark von XY-Ede gingen mir eben durch die Lappen.

Da kam sie mir entgegen. Sie ging gerade durch den Grünstreifen, der die Hamburger Allee beatmet. Mich hatte sie noch nicht gesehen. Gerade als Marizza Kühl zwischen parkenden Autos die Fahrbahn vor dem Orfeo überqueren wollte, quietschten Reifen und ein Motor heulte auf. Der Wagen war nur schemenhaft zu sehen. Sie wollte sich hinter ein anderes Auto retten. Marizza Kühl kam nicht mehr dazu.

Aus dem Wagen wurden drei Schüsse abgegeben. Sie brach auf der Fahrbahn zusammen, der Wagen preschte in einem Affenzahn an mir vorbei. Sein Licht war ausgeschaltet, so daß ich nicht einmal die Nummer erkennen konnte.

Ich raste auf den gekrümmten Körper zu. Sie trug einen hellen Mantel und rote Pumps und lag in einer Blutlache, die sich unaufhaltsam vergrößerte. Ein Schuß hatte sie in die Brust getroffen, die beiden anderen in den Magen. Ihr Arm war merkwürdig verdreht, und aus dem Ärmel kam ihre Hand hervor. Sie lag auf dem Pflaster wie ein verkrüppeltes Tier. Und sie atmete nicht mehr.

Aus dem Orfeo stürmten Leute, die an einen Scherz zu denken schienen. Schließlich wird in Frankfurt des öfteren gefilmt.

Irgend jemand alarmierte die Polizei.

Als das Martinshorn zu hören war, stand ich im begrünten Mittelstreifen und rauchte eine Zigarette. Dann ging ich in die Kneipe und trank zwei Cognac. Ich rauchte noch eine Gauloise, zog mir die Lippen nach und ging wieder hinaus.

Die Leiche war mit einer Plane zugedeckt, ihre Position mit Kreidestrichen und verschiedenen Nummerntafeln markiert. Der Platz wurde soeben fotografiert und war mit Halogenlampen hell ausgeleuchtet. Eine Menschenmenge stand zwischen den Polizeiautos und den Absperrungen, und immer wieder blitzte eine Kamera. Ich schob mich zu den Uniformierten durch und fragte nach dem Untersuchungsleiter. Ein schwerer Mann kam auf mich zu und sagte: »Hundling mein Name, Kommissar. Haben Sie etwas gesehen?«

Seine Augen waren klar und dumm. Die Uniform stand ihm gut.

»Ich kam von dort« – ich wies auf meine Lieblingspizzeria – »und sah sie von der anderen Seite Richtung Orfeo gehen.«

»Präzise bitte. Wann kamen Sie an, und woher genau?«

»Ich habe nicht auf die Uhr gesehen. Es wird so kurz vor acht gewesen sein. Ich hatte da drüben geparkt, vor dem Finanzamt.«

»Also im Parkverbot«, sagte Hundling befriedigt. »Darum werden wir uns später kümmern. Wo wollte sie hingehen?«

»Ins Orfeo, in die Kneipe, da gegenüber«, sagte ich müde. »Sie ging über die Straße, als von hinten sehr schnell ein Wagen auftauchte, drei Schüsse auf sie abgab und in diese Richtung verschwand. Er fuhr ohne Licht, deshalb konnte man nicht einmal die Kennzeichen und die Type erkennen.«

»Verstehen Sie etwas von Autos?«

»Genug. Vier Räder kann ich zählen.«

Er sah mich ärgerlich an.

»Keine Mätzchen bitte. Das ist eine sehr ernste Sache hier. Sie haben also den Wagen nicht erkennen können?«

»Japaner, mehr nicht.« Langsam wurde mir alles egal.

»Aber einen Idioten erkenne ich, wenn ich ihn sehe.«

Ich legte meine Karte auf das Dach des Streifenwagens. »Sie können mich anrufen fürs Protokoll. Ich habe noch eine Verabredung.«

Ich drehte mich um und ging davon. Niemand rief mich zurück.

Mittwoch, 10. Oktober. Im Büro war es kalt. Ich fluchte auf den Hausbesitzer und überlegte kurz, ob eine Beschwerde den Aufwand wert war. Ich wußte ohnehin nicht, was ich hier sollte.

Müßig blätterte ich die Post durch: Rechnungen, Wurfsendungen trotz des Aufklebers an meinem Briefkasten. So erfuhr ich, daß Fleischermeister Wuttke im Grüneburgweg heute Schweinekamm für 98 Pfennige anbot und der Drogeriemarkt um die Ecke Nagel- und Fußbodenlack stark heruntergesetzt hatte. Eine Urlaubskarte von einem früheren Klienten, dem ich eine Menge Geld gespart hatte, indem ich seinem Prokuristen eine Unterschlagung nachweisen konnte, bevor er sich nach Südamerika absetzte. Das Ticket hatte er buchstäblich schon in der Tasche gehabt.

Ich starrte auf den Trenchcoat an meiner Garderobe und fröstelte stärker. Sicher war ich nicht untüchtig in diesem komischen Beruf. Mein Psychologiestudium hatte sich nicht schlecht ausgezahlt, und auch die Jahre auf der Uni, die ich mit dem Studium der Hegelschen Philosophie und der klassischen Logik verbracht hatte, waren nicht unnütz gewesen. Lebensphilosophie erwirbt man sich zwar doch so nebenbei, aber ein akademischer Abschluß konnte auch mal nützlich sein – zumindest gab er mir in Krisen wie dieser einen gewissen Halt. »Miss Marlowe«, hatte Frieder mich genannt, und vor meinem Katzenjammer war mir das auch ganz recht gewesen. Jetzt war der Trench vielleicht reif für die Altkleidersammlung, doch den Winter über mußte er noch halten.

Ich sah wieder die Leiche vor mir auf der Straße liegen, in der sich ausbreitenden roten Lache. Marizza Kühl mochte ihre dunklen Stellen im Charakter gehabt haben, aber sie war eine tapfere Person gewesen, und sie hatte begonnen, mir sympathisch zu sein.

Ich schnappte mir eine ›Titanic‹ vom Regal und blätterte ziellos darin herum, auf der Suche nach einem Joke. Aber sogar dieses sonst unschlagbare Mittel schien heute zu versagen. Als ich schließlich den Staubsauger zur Hand genommen hatte, um wenigstens das Äußerlichste zu klären, klingelte das Telefon.

Ich nahm den Hörer ab und sagte »Hallo«.

»Frau von Kadell? Mein Name ist Hase.«

»Kein Bedarf an dummen Scherzen heute«, sagte ich und legte auf.

Keine Minute später klingelte es erneut. Ich sprach schnarrend in die Muschel: »Sie sind richtig verbunden mit dem Kleintierzüchterverband Hessen Nord. Zur Zeit ist leider niemand zu sprechen, aber unser Anrufbeantworter nimmt ihre Wünsche gern auf. Bitte sprechen Sie nach dem Quiekton.«

»Frau von Kadell? Das war kein Scherz eben. Ich heiße wirklich Hase, und ich hätte Sie gern gesprochen. Haben Sie eine Stunde Zeit?«

»In Ordnung, kommen Sie vorbei«, sagte ich einigermaßen besänftigt. »Leerbachstraße 42.«

Ich stellte den Staubsauger wieder weg und machte mir einen Kaffee. Bei der zweiten Tasse schellte es, und ich öffnete die Tür.

Der Mann war so groß wie ein Schrank und ebenso ekkig, sogar die Haare standen ihm senkrecht. Seine Augen waren holzbraun und ziemlich sentimental. Er trug einen Cordanzug, der seit mindestens zehn Jahren aus der Mode war, und schwere, vernagelte Schuhe.

»Na, dann kommen Sie mal rein«, sagte ich.

Er setzte sich auf meine Beichtcouch (Jugendstil mit kurzen Beinen), und ich nahm ihm gegenüber Platz.

»Wo drücken denn die Läufe?«, fragte ich. Meine Stimmung war auf dem Nullpunkt angelangt.

»Ich bin ein früherer Freund von Marizza Kühl«, sagte der Mann.

Ich schnappte nach Luft.

»Was führt Sie zu mir?«

»Sie rief mich an, am Samstagabend, nachdem Sie mit diesem Antiquitätenhändler bei ihr gewesen waren. Sie erzählte mir die ganze Geschichte. Heute morgen habe ich erfahren, daß sie ermordet wurde. Sie sollen den Täter finden.«

Normalerweise nehmen Klienten einen längeren Anlauf, nicht zuletzt, um auch mich zu taxieren. Ich steckte mir eine Zigarette an und fragte trocken: »Warum gehen Sie nicht zur Polizei?«

»Ich habe einen bestimmten Verdacht«, sagte der Schrank, »und ich glaube kaum, daß die Polizei in dieser Richtung ermittelt.«

»Na, dann schießen Sie mal los«, meinte ich aufmunternd und setzte mich bequemer hin. Wenigstens einer, der wußte, was er wollte.

»Marizza und ich haben uns in einer Kneipe kennengelernt, vor ungefähr acht Jahren. Sie hat damals schon eine Tendenz zu nicht ganz astreinen Sachen gehabt, wenn Sie verstehen, was ich meine.«

»Sie können ruhig deutlicher werden.«

»Sie hat Hehlerei betrieben, im kleinen Stil. Sie kommt – sie kam – aus sehr engen Verhältnissen, und ihre Wünsche waren immer anspruchsvoller, als das Einkommen einer Krankenschwester zuließ. Ich habe ihr damals sehr zugeredet, aus diesem Milieu rauszugehen, etwas anderes zu machen – sie hätte das Köpfchen dazu gehabt. Aber das dauerte ihr zu lange. Sie sagte immer, das Leben sei zu kurz, um Versicherungen abzuschließen.«

In ihrem Fall hatte sie sogar recht behalten. Ich nahm den Schrank genauer in Augenschein und fragte: »Wieso haben Sie sich getrennt, und wann?«

»Vor etwa drei Jahren tauchte in dieser Kneipe ein gewisser Detlev Mangell auf – der Name sagt Ihnen etwas?«

»Ja, der Name sagt mir etwas«, antwortete ich, hatte aber das passende Gesicht nicht vor Augen. »Und weiter?«

»Nun, die beiden verguckten sich Knall auf Fall ineinander – sagte sie jedenfalls. Ich habe den Anfang der Affäre notwendigerweise mitbekommen – obwohl sie ziemlich schnell mit mir Schluß machte – und hatte nicht denselben Eindruck. Dieser Mangell ist ein eiskalter Hund, und ich bin ziemlich sicher, daß Marizza niemals die einzige war.«

»Wieso sind Sie da so sicher?«

»Er hat Kinder mit einer anderen Frau. Außerdem habe ich so was im Gefühl.«

Ich ließ mir nicht anmerken, ob mich seine Gefühle beeindruckten.

»Wie ging es weiter?«

»Sie ist ihm zuliebe umgezogen, in diese 3-Zimmer-Wohnung, die er ihr verschafft hatte, im Bahnhofsviertel. Ihm gehört das Haus in der Moselstraße. Vermutlich sollte sie immer für ihn verfügbar sein. Jedenfalls gab sie auch den Job in der Kneipe auf und fing statt dessen mit dieser Antiquitätenschieberei an.«

»In Mangells Auftrag?«

»Auf keinen Fall. Mit solchen Sachen gibt der sich nicht ab. Ich bin nicht einmal sicher, daß er davon gewußt hat.«

»War sie eine entscheidende Figur in diesem Hehlergeschäft?«

»Wissen Sie, Marizza war niemandem gegenüber ganz offen. Sie hat mich auch da nicht ganz eingeweiht. Ich nehme an, daß sie einiges bewegen konnte an der Stelle, an der sie saß.«

»Warum hat sie überhaupt noch krumme Dinger gedreht? Hat Mangell sie nicht ausgehalten?« Bei mir fingen allmählich alle Leitungen an, Sturm zu klingeln, doch noch brachte ich die Dinge nicht richtig zusammen.

Er sah mich gekränkt an. Wahrscheinlich sagte ihm die Formulierung nicht zu.

»Marizza hatte ein ausgeprägtes Sicherheitsbedürfnis, und sie war sehr eigen mit Geld. Auch zu der Zeit, als wir zusammen von meinem lebten – ich bin Abwasserspezialist und verdiene sehr gut – hat sie weiterhin Hehlerei betrieben.«

Dieser Hase war definitiv der erste Abwasserspezialist in meiner Bekanntschaft. Hin und wieder traf ich auf Berufe, die mir den meinen fast gemütlich erscheinen ließen.

»Hatten Sie einen Überblick über ihre Finanzen?«

»Nein, niemals. Wie gesagt, darin war sie sehr eigenwillig. Sie nahm Geld, wo sie's kriegen konnte, hatte diverse Konten und vermied alle Gespräche über ihre Finanzen. Sie hatte einen Horror vor Abhängigkeiten.«

»Wieviel Kontakt hatten Sie noch zu ihr, nach der Trennung?«

»Nun, ich muß sagen...«, er sah vorsichtig an mir vorbei, »ich habe diese Trennung nie ganz verwunden. Ich habe sie auch nie aufgegeben.«

»Sie haben gehofft, sie käme zu Ihnen zurück?«

»In gewisser Weise schon. Ich konnte mir nicht vorstellen, daß sie es lange mit diesem Typen aushält.«

»Warum?«

»Na hören Sie mal!« Seine holzbraunen Augen waren empört. »Dieser Typ ist ein mieser Schleicher, ein verdrehter intellektueller Hochstapler, ein Windbeutel ohne jedes Rückgrat. Und ein eiskalter Karrieremacher.«

»Okay, okay«. Ich griff nach meinen Zigaretten. »Ich habe ja verstanden. Was hat Marizza Ihnen am Telefon erzählt?«

»Sie sagte, es wäre eine Frau bei ihr gewesen, die den Ring auffliegen lassen könnte.«

»Hatte sie Angst?«

»Ja, aber nicht vor Ihnen. Sie war wohl bedroht worden, von irgend jemandem aus diesem Ring. Sie wollte mir am Telefon nichts Genaueres erzählen.«

Kluge und vorsichtige Marizza Kühl. Ein bißchen weniger Vorsicht und Klugheit hätten ihr das Leben retten können.

»Was für einen Verdacht haben Sie?«

»Ich glaube nicht, daß es jemand aus diesem Hehlerkreis war. Da steckt eine Menge Geld drin, aber nicht genug, um jemanden dafür umzubringen.«

»Es werden Leute für weit weniger getötet«, sagte ich.

»Ich weiß, aber ich glaube nicht daran. Diese Leute sind

Hehler, Schieber, krumme Gestalten – aber keine Mörder.«

»Was glauben Sie dann?«

Ich wollte es von ihm selbst hören. Sein Gesicht war hart wie ein Fünfmarkstück, als er sagte: »Es war Detlev Mangell, dafür gehe ich jede Wette ein.«

»Sie trauen der Polizei also nicht zu«, fragte ich unbeeindruckt, »auch in dieser Richtung zu ermitteln?«

»Ich weiß nicht, ob Ihnen bekannt ist, Frau von Kadell«, er beugte sich weit zu mir vor, »daß dieser Mangell erneut für den Bundestag kandidiert. Dann wird er wieder offiziell Immunität genießen – jetzt hat er sie nur inoffiziell. Sie glauben doch nicht im Ernst, daß dieses Jüngelchen, über den sein Vorgänger persönlich seine Hand hält, von den Bullen ernsthaft in die Mangel genommen wird? Dieser Kerl hat seine Finger überall drin, hat sich unentbehrlich gemacht.«

»Halten Sie ihn für fähig, selbst zu schießen?«, unterbrach ich seinen Redefluß.

Sein Zögern erhöhte immerhin seine Glaubwürdigkeit. Er überlegte lange, bevor er antwortete: »Nein, das glaube ich nicht. Aber es gibt genügend Leute in seinem Umkreis, denen es auf einen solchen Gefallen nicht ankommt.«

»Wissen Sie Genaues? Namen?«

Er schüttelte aufrichtig bedauernd den Kopf. »Marizza hat auch in dieser Hinsicht nie die Karten auf den Tisch gelegt. Er ist in zahllose Schiebereien verwickelt – in Frankfurt ist der Filz ja flächendeckend –, er hat mehrere Häuser und hat überall seine Finger drin. Und wer Häuser im Bahnhofsviertel besitzt, steckt in dieser Stadt ja sowieso knietief im Dreck.«

»Hat Marizza ihn erpreßt?«

»Kann ich mir nicht vorstellen. Aber sie hatte Schwierigkeiten mit ihm. Und, ehrlich gesagt, wenn sie in der Defensive war, konnte sie ziemlich unangenehm werden.«

»Schwierigkeiten? Welcher Art?«

»Ich glaube, dieses Schwein war ihrer überdrüssig – so sagt man wohl. Er muß ihr gedroht haben, diese Wohnung – sie gehörte ihm natürlich – anderweitig zu vermieten.«

Ich pfiff durch die Zähne. Das war es also: Marizza hatte die Schwierigkeiten mit ihrem Vermieter angedeutet, bei meinem ersten Besuch.

»Rollkommando und so weiter?«

»Ja. Woher wissen Sie …?«

»Als Frankfurter Mieterin ist man einiges gewöhnt«, erwiderte ich und verschwieg das Telefongespräch, das ich in Marizzas Wohnung gehört hatte.

Er sah mich verständnislos an.

»Dann wußten Sie schon …?«

»Ich weiß gar nichts«, sagte ich entschieden. »Nichts, worauf sich etwas aufbauen ließe. Und ich sage Ihnen offen, daß ich Ihrer Geschichte nicht viele Chancen gebe.«

»Wenn das so ist«, meinte er und erhob sich brüsk, »dann verschwende ich hier wohl meine Zeit. So, wie Marizza von Ihnen gesprochen hat, habe ich allerdings mehr Mumm von Ihnen erwartet.«

»Moment mal«, sagte ich scharf und stand ebenfalls auf. Ich ging ihm gerade bis zum Schlüsselbein. »Damit wir uns richtig verstehen: Ich habe nichts gegen eine Endreinigung bei der Stadtverwaltung. Ich habe keine Aktien in der Politik. Aber wenn ich den Fall übernehmen soll, muß ich mich auf meine eigenen Recherchen verlassen. Mit Vermutungen kommt man nicht weit.«

Er stand schon in der Tür, als er sich zu mir umdrehte. Seine Augen waren weich wie Kissensamt. Er zögerte. »Ich wollte Ihnen nicht zu nahe treten«, schluckte er. »Aber wenn ich mir vorstelle, daß dieser Drecksack ungeschoren davonkommt, der meine Marizza –«

»Wenn er es war, finde ich es heraus«, sagte ich und wunderte mich über meine Gewißheit. »Ob er dann auch angeklagt wird, kann ich trotzdem nicht versprechen. Ich kann Ihnen nur eins in Aussicht stellen, und das ist die Wahrheit. Ob sie Ihnen paßt oder nicht. Außerdem arbeite ich nicht umsonst...«

Mit den Konditionen war er einverstanden.

Donnerstag, 11. Oktober. Die üblichen Einkäufe. Hundefutter, Zigaretten, Zeitung. Am Kiosk sprang mir ein Titelbild ins Auge. Verdammt, das war der Typ, den ich Samstag abend aus dem Haus kommen sah, in dem Marizza Kühl gewohnt hatte.

Seit der modelinke Yuppie Jeremias Storck mit der »Ich-möchte-gern-ein-großer-Journalist-sein«-Mentalität das ›Metropol-Magazin‹ macht, ist das Blatt eigentlich nur noch als Klolektüre zu verkraften. Heute aber leistete es mir große Dienste. Der Aufmacher war ganz groß die ›Detlev Mangell-Story‹. Jetzt wußte ich auch, woher ich ihn kannte. Frankfurter Politik. Ein bißchen Ziehbub einiger Dezernenten, ein bißchen Makler und vor allem aufstrebender Berufspolitiker. Bekannt wie ein bunter Hund und aalglatt. Getroffen hatte ich ihn, als mich Udo zur Wahlparty für den Oberbürgermeister-Kandidaten mitgeschleppt hatte. Udo stellte ihn mir vor und warnte mich zuvor noch, daß Mangell gerne scharf rangehe, doch es blieb lediglich bei ein paar unverbindlichen Worten. Nach Auskunft meines neuen Auftraggebers war er der letzte Freund von Marizza Kühl. Nebenbei wohl auch ihr Vermieter. »Didi« nannte sie ihn. Nicht unbedingt der Kosename für Detlev, aber so unwahrscheinlich nun auch wieder nicht.

Ich kaute an meinem Bleistift, schaute zum Fenster hinaus ins Frankfurter Alltagsgrau und überlegte, wie ich mehr über Mangell erfahren konnte.

Cornelia saß tatsächlich an ihrem Schreibtisch. Bei

Journalistinnen ist dies nicht unbedingt üblich, und bei Cornelia ist eigentlich überhaupt nichts normal. Zum Haareausraufen für ihren Chef und die Kollegen ist sie völlig unzuverlässig, kommt und geht, wann sie will, ohne zu sagen, wo sie sein wird, und taucht tagelang nicht in der Redaktion auf. Entweder ist es eine Männergeschichte, die sie davon abhält oder eine hervorragende Story, die sie dann anschleppt und allen in der Redaktion damit den Wind aus den Segeln der Kritik nimmt. Ihre Artikel sind die einzig lesbaren im Provinzblatt »Frankfurter Rundblick«, die noch mehr vor Satzfehlern strotzt als die taz – und das will was heißen! Ich wunderte mich eigentlich, so lange ich Cornelia kenne, wie sie es in diesem Laden aushielt. Sie war vor einigen Jahren eine meiner Schülerinnen im Selbstverteidigungskurs für Frauen, den ich abends gab.

Cornelia war die beste Möglichkeit, einiges über Detlev Mangell zu erfahren. Auch das, was nicht unbedingt in der Presse steht. Wir verabredeten uns für den Abend im ›Club Voltaire‹. Kaum hatte ich aufgelegt, rief von Hadern an.

»Frau von Kadell? Hier spricht Hadern.«

»Ja.«

»Äh, ich wollte Ihnen nur Mitteilung davon machen, daß Ihre Möbel, äh, die Ihres verehrten Herrn Bruders wie vereinbart morgen angeliefert werden.«

»Aha.«

»Ich hoffe, die Sache ist damit erledigt?« Hadern hatte wieder seinen bittenden Tonfall.

»Sie werden von mir hören«, antwortete ich.

»Verbindlichsten Dank, gnädige Frau!«

»Übrigens, ist Ihnen nicht doch noch rein zufällig etwas eingefallen, was Sie mir mitteilen wollten?«

»Aber Sie wissen doch, ich hätte Sie sogleich angerufen.«

Der Baron wurde schon wieder weich wie Pflaumenmus.

»Haben Sie neue Fotos erhalten?«

»Heute in der Post war nichts«, versicherte er.

Ich schwieg und ließ ihn ein bißchen zappeln. Nach zehn Sekunden hielt er es ohne Reden nicht mehr aus.

»Gestern kam eine Preisliste, aber sonst wirklich gar nichts.« Es hatte also gewirkt.

»Sie hören von mir«, sagte ich, um das Gespräch zu beenden.

»Auf Wiederhören, gnädige Frau. Danke, auf Wiederh...«

Damit war klar, daß der Schieberring auch ohne Marizza Kühl gut auskommen konnte und weiterhin funktionierte.

20 Uhr. Ich stieg die Treppen in die Gruft hinab, die, ›Club Voltaire‹ genannt, im Souterrain der ›Kleinen Hochstraße‹ lag. Im Eingangsbereich hing ein Plakat mit dem Slogan »Alle Gewinne von Konzernen und Rüstungsunternehmen für die Kosten der deutschen Einheit«. Es war an den Ekken eingerissen und von einigen Besuchern mit Kugelschreiber bearbeitet worden. »Deutschland – einig Flaschenpfand« hatte jemand daraufgeschrieben, ein anderer »Deutschland steinig Vaterland« und »Gemeinsam sind wir unausstehlich«. Es roch muffig nach kaltem Rauch, und in der Lounge schepperte Klaus Lage aus der Musikbox »Und es hat Zoom gemacht«.

Cornelia stand an der Theke, ein Pils vor ihr, und winkte mir zu.

»Ich war schon lange nicht mehr hier«, begrüßte ich sie. »Irgendwie ein lausiges Biotop für bedrohte Tierarten, diese Kneipe.«

»Ein schäbiges Relikt aus der Zeit der großen Hoffnung«, meinte Cornelia, »der Sargdeckel sozusagen auf die einst als besser gelobten Zeiten, als alle alles noch für möglich hielten. Ich mag es auch schon lange nicht mehr, aber beizeiten hört man doch das eine oder andere. Und für dein spezielles Interesse ist es der geeignetste Ort.«

»Daß die sich hier überhaupt noch halten können. Die interessanten Intellektuellen treffen sich schließlich längst woanders.«

»Ach, weißt du, schau dich nachher mal um, da sind einige altbekannte Gesichter. Ein paar Schriftsteller, ein paar Leute vom Hessischen Rundfunk, die alten Genossen – und Grund zum Trinken haben sie alle genug.«

»Das heißt also, daß auch Mangell hier zugange ist?«

»Öfters, ja. Du hast dir da ja ein schrecklich heißes Eisen ausgesucht. Weißt du das überhaupt.«

»Nur in Ansätzen. Das letzte ›Metropol-Magazin‹ hatte 'ne Story.«

»Ach, vergiß es. Die sind loyal, weil sie immer noch auf seine Kohle hoffen, und letztlich haben sie schließlich nichts Neues geschrieben. Daß Mangell gut Kohle macht mit seiner PR-Agentur, weiß jeder, daß er raffgierig und zielstrebig und mit allerhand politischen Argumenten für sein Wohl sorgt, auch. Das ist die Filzokratie in den Parteien, die längst Standard geworden ist. Immerhin – nur Filzokratie.«

»Sie hatte ja auch noch keine Gelegenheit. Im Gegensatz zur früheren Stadtverwaltung.« Die Zeitungen waren derzeit voll mit den Berichten über die Korruption in der Stadtverwaltung, und sogar ein Anti-Korruptionsausschuß war ins Leben gerufen worden.

»Die jetzt dran sind, sind nur zu blöde, um perfekt zu lügen«, meinte Cornelia. »Aber Detlev Mangell nicht. Der ist schon ein ausgebufft cleverer Machtstratege, und er wird's wohl auch schaffen.«

»Was?«

»Na, die Wahl in den Bundestag. Mangell kennt sein Handwerk.«

»Aber astrein ist seine Rolle auch nicht!«

Cornelia grinste. »Wessen Rolle ist schon astrein? Schau, sie haben ihm Mißbrauch von Sozialwohnungen nachgewiesen, selbst der Geschäftsführer der Wohnungsbaugenossenschaft bestätigte das. Und im ›Partei-Büchlein‹ war nachzulesen, daß er mit seinem Vermögen bis vor einem halben Jahr in einer Sozialwohnung gemeldet war. Man weiß, daß er ein Opportunist erster Güte ist und daß die Ergebnisse seiner Politik immer irgendwie seine Firma stützen. Aber keiner hat es bisher geschafft, den Kerl abzuschießen.«

»Du hast doch darüber einige Artikel in der Zeitung geschrieben. Ich erinnere mich, daß du mir damals erzählt hattest, daß das eine ungeheuer heiße Sache sei«, fragte ich Cornelia. »Was ist denn daraus geworden?«

Cornelia zuckte die Achseln und bestellte sich ein neues Pils. Sie strich sich eine Strähne ihres blonden Haares aus dem Gesicht. »Ach weißt du, liebe Ruth, eine heiße Sache war es ja ursprünglich auch, aber damit begann auch mein großer Ernüchterungsprozeß. Erstens hat mein Chefredakteur in den Artikeln herumgestrichen und die schärfsten Stellen gekürzt. Dabei hat er sich, ohne eine inhaltliche Erklärung abzugeben, auf sein Amt berufen und versucht, angebliche Mängel in der Recherche als Argument zu verwenden. Mit einem meiner männlichen Kollegen hätte er sich das sicher nicht erlaubt. Und zweitens, was da noch an explosivem Stoff drinstand, ging draußen einfach unter. So ein ähnlicher Effekt, wie er bei der Wallmann-Affäre gelaufen ist: Die gesamte Presse setzt sich drauf, beweist schlüssig und ohne Lücken die Schweinereien der sogenannten Volksvertreter, und die kratzen sich nicht mal am Hintern. Sitzen es einfach aus, als wären sie schwerhörig, taub oder schwer von Begriff.« »Na, das sind einige ja auch«, grinste ich, »aber echauffieren kannst du dich noch ganz gut, meine Liebe!«

»Es ist ja schließlich auch zum Kotzen mit dem Pack! Aber eigentlich hast du recht, es lohnt schon nicht mehr, sich zu sehr zu engagieren.«

»Sag mal, Cornelia, hältst du Mangell für gewalttätig?«

»Mhm...«, Cornelia überlegte kurz, »ja, eigentlich schon. Da war auch mal so eine Geschichte mit seiner Ehefrau...«

Mittlerweile hatte sich die Gruft gefüllt. An einem der Tische saßen ein paar Links-Konservative in Jeans und mit Bart, weiter hinten an der Theke lungerte der Kultur-Playboy des Hessischen Rundfunks mit zwei schmalbrüstigen Upcomern aus der Redaktion herum. Er qualmte wie üblich eine seiner kubanischen Cruise Missiles, das Stück für zwölf Mark, über die er stundenlange Vorträge halten konnte, die keinen interessierten. Die Musikbox schepperte schon wieder Klaus Lage, obwohl sicherlich ›When I Think of all the Good Times‹ besser gepaßt hätte. Der Qualm war dichter geworden, und die Schwaden der kubanischen Abwehrrakete zogen zu uns herüber. Da half nur noch dagegenqualmen. Ich zündete mir eine Gauloise an, bestellte einen neuen Bacardi und schüttelte mich schon vor dem ersten Schluck. Jetzt flatterte in Begleitung des Rübezahls unter den Jungverlegern, Carl Schelling, auch noch Uta Henske herein – Frankfurter Schriftstellerin und stark moralinhaltig aufgeklärt. Sie ist bekannt dafür, daß sie unablässig versucht, Aufklärung über das exemplarische, biographische Muster einer deutschen Erziehung zu vermitteln. Sie gesellte sich zu zwei Fossilen nahe bei uns an die Theke.

Cornelia senkte ihre Stimme. »Vor Jahren kam raus, daß Mangell seine Ehefrau im Streit geschlagen und ihr dabei den Arm gebrochen hatte.«

»Ach, was dann?« Ich wurde hellhörig.

»Er hat es irgendwie positiv verkauft, ist offensiv damit umgegangen. So in dem Stil ›Ich steh' dazu, du. Ich kenn' mich da auch nicht mehr, ich weiß nicht was das ist. Dann hab' ich die ganze Nacht wach gelegen und ein Gedicht geschrieben. Das hab' ich ihr dann morgens hingelegt.‹

Wahrscheinlich war es ›Ich bau' dir eine neue Welt‹. – Du weißt schon…«

»Sozusagen die neue Weltordnung im Schonwaschgang.«

Cornelia lachte laut auf, »wunderbar, das könnte 'ne Schlagzeile für die Zeitung sein. Darf ich's verwenden?«

»Selbstverständlich! Aber nur wenn du mir noch ein bißchen was erzählst.«

Neben uns an der Theke empörte sich plötzlich Uta Henske und brüllte ihren harmlos aussehenden Thekennachbarn an. Dabei lehnte sie ihren Oberkörper leicht nach hinten und hob das Kinn, als wollte sie spucken. »Also, Caesar, du bist doch wirklich die widerwärtigste Drecksau, die ich kenne.« Das ganze Lokal drehte die Köpfe herüber. »Du mit deinem dreckigen Päderastengeschwätz! Pfuiteufel!« Dann senkte Uta Henske den Kopf und drehte einen Finger in ihrem Haar, das sich rötlich über einer schwarzen Federboa stülpte. Sie warf großäugige Blicke aus ihren Kajalringen, hielt in ihrer Rechten eine Zigarettenspitze und wußte nicht genau, ob sie nun verlegen sein sollte oder nicht. Tresennachbar Rübezahl lächelte verlegen und hielt sich an seinem Glas fest. Dann näherte sich der Kulturplayboy vom Fernsehen und hielt dabei seine Havanna in der vorgereckten linken Hand. Er sah aus wie ein südamerikanischer Großgrundbesitzer deutscher Abkunft, der mit zunehmendem Alter weniger häßlich wirkt.

»Uta, Goldkind, komm doch zu uns, das Geschwätz kannst du dir doch alle Tage anhören. Komm erzähl, wie kamst du denn mit dem Verriß vom ZDF zurecht? War ja überhaupt nicht nett, aber den Kollegen kennen wir ja. Also weißt du, ›Bienchen und Butterblume‹ habe ich regelrecht gefressen. So klug! Deine Pirmasenser Volkshochschüler können sich glücklich…« Sie entfernten sich gottlob zur anderen Seite des Tresens.

»Die haben's aber auch beide ziemlich nötig.« Cornelia und ich schauten uns mit vielsagenden Blicken an.

»Also, paß auf. Mangell fehlt hier eigentlich noch. Wenn der jetzt reinkäme, würde er sich hier aufbauen wie der Schimanski des Club Voltaire, die nächstbesten in ihrem Gespräch unterbrechen und nicht mehr aufhören zu reden, bis die Kneipe dicht macht oder irgend eine junge attraktive Frau sich hier herein verirrt, an die er sich dann übergangslos ranzumachen versucht. Nur älter als fünfundzwanzig dürfte sie nicht gerade sein.«

»Aber du hast doch vorhin von seiner Ehefrau gesprochen?«

»Da ist ständig irgend ein hübsches Mädel um ihn rum. Seine Frau ist eigentlich ganz in Ordnung. Sie wäre allerdings netter, wenn sie ihn nicht kennen würde.«

»Kann es sein, daß Mangell ein Haus oder eine Wohnung im Bahnhofsviertel besitzt?« Vielleicht konnte Cornelia mir noch mehr erzählen.

»Das ist übrigens noch eine dieser Sauereien!«, sagte sie, »aber ich schlage jetzt eher mal einen Szenenwechsel vor. Dieses Gedämpft-reden-müssen geht mir auf den Nerv. Und sehen mag ich die hier auch nicht mehr länger.«

Mir war es auch ganz recht, hier endlich verschwinden zu können. Ich wollte weder Uta Henske, noch den Literaturplayboy, weder Gerhard Behrens noch La Passionara länger sehen. Und vor allem nicht, mich dazu zwingen müssen, irgendwann den Holzpfahl ins Herz der Vampire zu treiben.

Während der Fahrt berichtete ich Cornelia detailliert von meinem Fall. Es war kurz nach dreiundzwanzig Uhr, als wir in die Hamburger Allee einbogen und nach langem Suchen einen Parkplatz gefunden hatten. Das Orfeo war voll, in den hell erleuchteten Fenstern sah man viele Menschen stehen. Es scheint, als würden nach der Buchmesse alle irgendwo gemächlich Dampf ablassen und sich dem geregelten Alltag in kleineren Dosen wieder annähern. So war ›Szenenwechsel‹ nicht unbedingt das treffendste Wort für unseren Lokalwechsel. Schon am Eingang drängelte man sich, und um manches Lächeln und grüßendes Kopfnicken kam ich nicht herum. Mitten in der Tür stand der multikulturelle Zierfisch Frankfurts und hielt eine gebärdenreiche Ansprache an seine Anhänger. Sein Nachahmer, der übrigens den Artikel über Detlev Mangell verfaßt hatte und sich auf Podiumsdiskussionen meist durch Unwissenheit auszeichnet, dafür aber Publizist nennt, apportierte ihm gerade ein Glas Weißwein. Weiter hinten Frankfurter Verlagsgeschehen: die Suhrkamp-Gilde, gut angezogen und wie üblich mit arrogant-erhabenem Blick, den sie sich eigentlich nicht leisten kann. Ich war froh, daß Udo fehlte und ich mit einem Grinsen davonkam. Einige Fischer-Leute standen ebenso dabei. Neben dem jungen Jochen im Dunkelblauen und der Raddatz-Frisur stand der Walter Benjamin-Abguß vom Taschenbuch Verlag und wetteiferte mit dem randlos bebrillten Zeitgenössischen von Suhrkamp um eine hellblonde Suhrkamp-Lady in Black mit halblangem Haar. Dann der Werbefuzzi mit Kleinverlagsallüren im Gespräch mit dem ebenfalls jungen Odenwaldschüler und Kollegen von der anderen Mainseite, schließlich die Wissenschaftslektorin Jolanda Weizenscheffel, heute wieder ganz Königin der Nacht und uneinnehmbare Festung. »Je suis une forteresse«, soll sie einmal zu einem ihrer Verehrer gesagt haben. Sie trug Jil Sander-Jeans, was wieder mal keiner sah.

Wir erkämpften uns mühsam einen Platz in einer der Fensternischen und wechselten zu Muscadet.

»Also, Detlev Mangell im Schnellverfahren«, begann Cornelia. »Bei meinen Nachforschungen bin ich darauf gestoßen, daß er irgendwann eine Namensänderung beim Standesamt durchgesetzt hat. Ursprünglich schrieb er sich nur mit einem L., also Mangel wie die gleichnamige Erscheinung. Doch ihm war das zu wenig. Ein ›von‹ im Namen hätte ihm wahrscheinlich gefallen, war aber nicht durchsetzbar. Seither legt er die Betonung auf die zweite Silbe seines Namens. ›Man*gäll*‹. Hört sich schließlich besser an. Dann, um bei den Äußerlichkeiten zu bleiben, fährt er immer maßgeschneiderte dicke Wagen, so gar nicht volksnah, und immer sind seine Initialen im Nummernschild. Könnte dir schließlich helfen, F-DM und so weiter. Gut gekleidet ohnehin, hast du ja selbst schon gesehen. Einst zeichnete er sich als Falke aus, heute müßte man ihn als Taube bezeichnen. Weißt du, Ruth, er ist auf eine intelligente Art ein sehr, sehr dummer Mensch. Er läßt sich nur sehr ungern auch die kleinste Chance durch die Lappen gehen. Für seine Partei ist er wohl ein Problem, das keiner genauer benennen kann. Er hat seinen Weg längst geschmiedet und den wird ihm wohl kaum einer mehr vermasseln können. Dazu ist schon viel zu viel durchgegangen. Zum Beispiel ist bekannt, daß er vorzugsweise an Parteifreunde vermietet, was noch gar nichts ehrenrühriges sein mag. Außer, daß in seinen Häusern auch einige Magistratsmitglieder wohnen, nicht zu besonders günstigen Mieten, aber mit bevorzugter Wohnungsbeschaffung. Das heißt, er ›entmietet‹ seine Wohnungen auf wenig elegante Art und Weise, um damit Platz zu schaffen für Leute, die er braucht. Auf der anderen Seite verkauft er all sein Tun gewinnbringend. Er hält irrsinnig viele Widersprüche in sich selbst aus, er ist einerseits Populist, andererseits Narziß, vor allem aber ein ausgebuffter Machtstratege. Ich glaube, wenn er mich so reden hörte, würde er sogleich eine einstweilige Verfügung gegen mich beantragen.«

»Aber du sagtest doch, daß du diese Dinge belegen könntest. Heißt das denn, daß selbst die Fakten bei diesem Menschen versagen?« Ich hatte noch nie begriffen, in welcher politischen Unkultur wir leben und daß sich die schwarzen Schafe unter den Politikern nicht im geringsten darum kümmern mußten, daß sie nicht mehr tragbar sind.

»Schau«, begründete Cornelia, »der Kerl ist wie ein Stück Seife. Wo du ihn packen willst, entwischt er dir, auch wenn du weißt, daß an allem was dran ist. Ein Beispiel nur: der große Vorsitzende in Frankfurt 1977, die Parteiresolution zum Celler Loch und der linke Parteiflügel voll auf Boykott getrimmt. Mangell war dick dabei, Mitinitiator. Es gab ein Parteiordnungsverfahren, und der Aufrührer Mangell schwenkte bei seiner berühmt gewordenen ›Ehrenwort-Rede‹ sofort ein, die anderen wurden dafür ausgeschlossen. Er hat dafür immer gute Begründungen, zum Beispiel ›In dieser unserer historischen Stunde ist es wichtig, sich zur Partei zu bekennen‹. Dann ist er Mitglied der ›Jungen Partei-Prominenten‹ des Vereins, kurz Juppies genannt. Dort treffen sich heute nur noch der Vorstand und die Aufstreber. Einst gegründet, um Arno Rudolf, dem ›Erzfundi‹, wie man ihn nannte, einmal zu zeigen, was eine Harke ist. Heute ist dies nur noch ein Personalrekrutierungskomitee, und er ist selbstverständlich der jungdynamisch erfolgreiche Aufstreber. Dann setzte er sich aber auch überaus raffiniert zugunsten der Partei ein, indem er mittelständische Unternehmer, die sich zum politischen Gegner bekannten, durch Drohung dazu brachte, Parteifunktionären den Urlaub zu finanzieren.«

»Wie das«, ich schrak zusammen, »graust es dem eigentlich vor gar nichts?«

»Ganz einfach. Er zahlte ihre Rechnungen nicht und drohte damit, daß sie nie wieder einen Auftrag des Mangellschen Imperiums oder auch der Stadt erhielten, wenn sie nicht spurten. Doch eigentlich quatsche ich schon wieder viel zu viel. All dies durfte ich in der Zeitung nicht schreiben, obwohl ich schlüssige Beweise dafür hatte. Der Kerl hat wirklich überall Aktien drin.«

»Ich meine nur, Cornelia«, sagte ich, mittlerweile schon beim dritten Muscadet angelangt, »das gibt es doch in allen Parteien.«

»So nicht, die sind einfach nur korrupt, er dagegen ist glatt und resistent gegen alle Angriffe. Es scheint, als hätte er seine Feinde irgendwie im Griff. Aber frag mich nicht, wie. Nur eines noch: er ist nebenbei der einzige professionelle Medienpolitiker in seiner Partei. Darin wäre er ja auch ziemlich gut, wenn er nicht ständig irgendwie in die eigene Tasche wirtschaften würde, also in seine Agentur. Und übrigens, zwei Kollegen von mir haben ihm vor vier Jahren Geheimdienst-Kontakte unterstellt und sind zum Schweigen verdonnert worden.«

»Ist ja richtig, wenn nichts dran ist«, antwortete ich. »Immerhin ist dies eines der Mittel in unserer Zeit, den politischen Feind abzuservieren.«

»So unglaublich es sich anhört, mittlerweile kokettiert er sogar damit, als wäre Angriff die beste Verteidigung. Deswegen damals auch die Affäre um das Loch in Celle.«

»Ich weiß, warum ich Grün wähle, obwohl sie pennen und eine Erneuerung längst fällig ist.« Mein Verhältnis zur Politik entsprach meinem Verhältnis zu Restaurants: Man kostet die Gerichte und hat wenig Neigung, die Küche zu inspizieren. Schaben, tote Mäuse und Desinfektionsmittel mögen dazu gehören, aber so genau will man es nicht wissen. Auch der Blick hinter die Kulissen, den Cornelia mir bot, machte wenig Appetit auf mehr.

»Eben das!« bestätigte Cornelia, trank die Neige ihres Weines aus und fluchte »Scheißgeschäft, ich schwör's!«

Das war nun wieder einmal einer der Abende, an denen die Informationen so reichlich fließen wie der Alkohol. Manchmal läßt sich beides nur zusammen ertragen. Ich hoffte nur, daß ich das alles anderntags noch zusammenbrachte. Ansonsten war ich keinen Schritt weiter. Mangell schien zu allem fähig zu sein, doch ohne Motiv ist niemand zu überführen. Und in dieser Hinsicht hatte er schließlich scharfe Konkurrenz.

Freitag, 12. Oktober, 9 Uhr 10. Udo und Rosa hatten mich geweckt, als sie lautstark in der Küche rumorten – Udo wegen irgendeiner Konferenz, zu der er pünktlich erscheinen wollte, und Rosa vermutlich wegen Schlafstörungen. Zu alledem war mir auch noch Jekyll aufs Kopfkissen gesprungen, dem wahrscheinlich der Herbstwind in die Nase stieg. Ich blinzelte faul ins Sonnenlicht, bis mir einfiel, daß ich heute noch einiges vorhatte. Ich sprang aus dem Bett, warf mir meinen Morgenrock über und holte mir eine Tasse Kaffee. Dann schnappte ich mir das Telefon und verzog mich wieder in mein Zimmer.

Ich wählte eine Frankfurter Nummer. Eine Frauenstimme flötete: »Büro Detlev Mangell, Frunzbach, guten Tag!«

»›Bild für die Frau‹, Severin«, sagte ich flott, »Frau Frunzbach, ich hätte gern Herrn Mangell gesprochen.«

»Worum geht es denn?«, kam es aufmerksam zurück.

»Das würde ich gern selbst mit ihm besprechen. Stellen Sie mich doch bitte durch.«

Sie zögerte.

»›Bild für die Frau‹ ist Ihnen doch bekannt?«, bohrte ich.

»Selbstverständlich... Einen Moment, ich höre mal nach, ob er da ist.«

Mir war klar, daß er da sein würde. Seit ›Bild‹ quer durch alle Parteien, selbst die ›Grünen‹, aufgewertet wird, kann sich kein Berufspolitiker mehr leisten, dieses Blatt zu schneiden. Sogar die ›Grünen‹ geben vereinzelt dort Interviews...

»Mangell.« Die Stimme klang so süßlich wie erwartet. »Was kann ich für Sie tun, Frau Severin?«

»Ich bin von ›Bild für die Frau‹, Herr Mangell«, sagte ich in möglichst schlechtem Deutsch. »Wir planen eine Serie über aufstrebende Politiker in Deutschland, und da ist auch ein Artikel über Sie dabei, wahrscheinlich. Ich würde Sie in dieser Angelegenheit gern einmal sprechen.«

»Hm. Das läßt sich machen. Wann würde es Ihnen passen?«

Es ging noch glatter als erwartet.

»Sagen wir, gleich heute nachmittag, gegen drei?«

»Das könnte klappen. Also um 15 Uhr bei mir im Büro. Sie wissen, wo das ist?«

Ich bejahte und bedankte mich artig. Dann schenkte ich mir eine zweite Tasse Kaffee ein, rauchte die erste Zigarette des Tages und machte Pläne für das Gespräch. Dabei muß ich eingeschlafen sein.

Jekyll weckte mich um kurz vor eins. Ich machte ihm und mir Frühstück, führte ihn einmal um den Block und zog mich sorgfältig an. Sinn für Garderobe hatte der Herr, da wollte ich mindestens gleichziehen. Reporterinnen bei ›Bild‹ verdienen vermutlich nicht schlecht, so war wahrscheinlich das königsblaue Seidenkostüm nicht overdressed. Knallrote Pumps gaben den nötigen Sensationstouch, und mit Farbe im Gesicht sparte ich ebenfalls nicht. Ich machte mir die Haare mit viel Liebe zum Detail anders zurecht als sonst – man weiß ja nie, ob man sich in Frankfurt nicht einmal anderswo zufällig begegnet und einmal hatten wir das bereits hinter uns. Für solche Fälle habe ich auch eine schrille Hornbrille mit Fensterglas, von der ich wieder einmal Gebrauch machte. Sie entstellt definitiv, sieht aber nicht komisch aus, sondern genau so, wie es diesem Zwecke dienlich war: Kuh auf scharfsinnig getrimmt.

Um sieben Minuten nach drei betrat ich das Vorzimmer. Frau Frunzbach war ältlich, wirkte seriös und ihrem Herrn sehr treu ergeben. Ihre graublauen Augen sahen mich freudlos an, als sie sagte: »Herr Mangell erwartet Sie schon.«

Ich öffnete die Tür, ohne zu klopfen. Hinter dem Schreibtisch erhob sich ein Mann in einem leger sitzenden grauen Leinenanzug und einem blaßblauen Seidenhemd, das wirkungsvoll mit seinen haselnußbraunen Augen kontrastierte. Er sah aus wie ein überaltertes Mitglied des Tölzer Knabenchors und lächelte auch so.

»Frau Severin? Ich freue mich. Nehmen Sie doch Platz. Möchten Sie Kaffee?«

Wir versanken in schwarzen Lederfauteuils. Eine gefälschte Visitenkarte hatte ich unauffällig auf seinem Schreibtisch abgelegt.

»Was ist das für eine Serie, die Sie planen?«, fragte er interessiert.

»Nun, ich weiß nicht, wie gut Sie ›Bild für die Frau‹ kennen...«

Mangell nickte eifrig und lächelte.

»Wir sind natürlich sehr stark auf das weibliche Publikum eingestellt, obwohl uns immer wieder die Zahlen überraschen, wie viele Männer das Blatt aufmerksam lesen. Unser Auswahlprinzip heißt: Politiker der kommenden Generation, denen die Chefredaktion den entscheidenden Sprung nach oben zutraut. Das ist das erste Kriterium.«

Er war Profi genug, bei diesem Kompliment zu lächeln. Weiß der Himmel, wie es ihm inwendig guttun mußte, von der Springer-Chefredaktion mit Wohlwollen betrachtet zu werden.

»Wichtig ist auch, daß die Person einigermaßen schillernd ist. Ein Finanzbeamter mit Reihenhaus und Ferien im Allgäu interessiert uns natürlich weniger als jemand wie Sie.«

»In punkto Gemütlichkeit kann es ja ohnehin keiner mit unserem Bundeskanzler aufnehmen«, lächelte Mangell säuerlich.

»In der Tat, aber deswegen brauchen Sie mich nicht zum Pfälzer Saumagen einzuladen. Ich möchte Ihnen natürlich vor allem Fragen stellen, die diese schillernden Randzonen Ihrer Person ein bißchen ins Blickfeld ziehen und auf den Punkt bringen...«

Mein Deutsch war wirklich hinreißend schlecht. Er nickte beifällig und sagte: »Schießen Sie los. Ich rühre mich schon, wenn es mir zu intim wird.«

Ich schlug die Beine übereinander und ließ ihn meine Valentino-Strümpfe zur Kenntnis nehmen. Ich nahm Block und Stift heraus und tat im übrigen so, als könnte ich stenografieren.

»Fangen wir mit dem Persönlichen an. Herr Mangell, sind Sie verheiratet?«

»Nein«, sagte er und lächelte unbestimmt aus dem Fenster. »Ich lebe in einer eheähnlichen Gemeinschaft mit der Mutter meiner Kinder, und das seit soliden zehn Jahren.«

»Ist das jene Frau, der Sie auch Ihre Anteile an Ihrem PR-Geschäft übertragen haben?«

»Darauf lehne ich die Antwort ab«, sagte er steif. »Meine finanziellen Verhältnisse sind ganz allein meine Sache.

»Einerseits richtig«, entgegnete ich knapp. »Andererseits kann es unsere Leserinnen – und Ihre zukünftigen Wählerinnen vielleicht – doch durchaus interessieren, ob Einsatz für das Gemeinwohl und persönliche Armut immer noch etwas miteinander zu tun haben müssen.«

»Ich begreife Ihre Frage nicht.«

Er zog ärgerlich die Stirn kraus und spielte mit einem Siegelring an der rechten Hand.

»Nun, gerade nach den Ereignissen in der DDR hat doch das Projekt Sozialismus auch bei denen, die darin noch einen Hoffnungsstreif sahen, an Glaubwürdigkeit verloren. Bereicherung auf der einen, Verarmung auf der anderen Seite, schlimmer als es je in einem kapitalistischen Land zu beobachten war...«

»Da bin ich ganz anderer Ansicht«, unterbrach er mich. »Die sozialen Unterschiede waren in der DDR wahrhaftig nicht so kraß, wie in der Presse gemeinhin behauptet wurde. Ich war oft genug drüben, um zu wissen, wovon ich spreche. Das eigentliche Problem liegt doch überhaupt nicht darin, ob Herr Maier nun ein Reihenhaus mit Garten hat oder nur eine Etagenwohnung. Leistung« – hier hob er belehrend den Zeigefinger und dozierte in die Luft – »muß sich immer und überall lohnen, und deswegen verläuft die Klassenlinie nicht zwischen Arbeiter und Millionär, sondern zwischen Millionär und Milliardär.«

»Ich nehme an, das ist Ihr politisches Credo?«

»Wenn Sie es so nennen wollen…«, sagte er geschmeichelt. Aber er ließ es sich doch nicht nehmen, mir in allen Einzelheiten seine politischen Feinansichten zu erläutern.

So weit ich seinen Gedankengängen folgen konnte, wollte er auf ein nationales Bündnis hinaus: Arbeiter, neuer Mittelstand und der Fußballsportverein Frankfurt für Gorbatschow, ein besseres Leben und getrennte Müllsammlung. Und alle zusammen gegen die Feinde der neuen Weltordnung und Pseudokrupp. Oder so ähnlich.

Ich wippte mit dem Fuß und täuschte Interesse vor. Zwischendurch kam irgendwann noch einmal Helmut zur Sprache, die kulturelle Hegemonie und die Forderung, daß eindeutig besetzte Kulturbereiche den Traditionalisten zu entreißen seien. Als ich alle Aussicht verloren sah, ihn wieder zum Thema zu bringen, klingelte das Telefon.

»Was zum Teufel…« murrte er und nahm den Hörer ab.

»Kurt… ja? Ich habe nicht viel Zeit, bin in einem Pressegespräch momentan. Worum geht es?«

Ich tat gelangweilt, spitzte die Ohren und besah mir nebenbei die Photos an den Wänden: Er mit Bettina, er mit Maggie, er mit Franz, vermutlich die Nationalhymne singend.

»Ich habe dir doch schon einmal gesagt, daß mir diese Tante im Mondschein begegnen kann. Ich pfeife auf den Ausschuß… Die sollen doch weiter Parteigroschen zählen, das hat doch nichts mit Medienpolitik zu tun… Was? Ich bin sowieso der einzige in diesem Laden, der professionelle

Medienarbeit macht. Diese Parteihengste und -stuten… Die soll mir mal kommen, der werde ich was erzählen. Das geht dann doch zu weit.«

Er knallte den Hörer in die Gabel, brachte sein Gesicht in Ordnung und raffte sich zu einem frischen Tölzer Lächeln auf.

»Was halten Sie von Quotierung?«, fragte ich.

»Ach wissen Sie, für die Feministinnen in unserer Partei beziehe ich da eine revolutionäre Position, aber in der Frage, ob Methode oder Ziel, habe ich mich immer schon eins mit den Klassikern gefühlt. Die neue Weltordnung schließt die Befreiung der Frau mit ein – und dieser Satz läßt sich nicht umkehren.«

»Also eine antifeministische Position?«, vergewisserte ich mich lässig und malte dreibeinige Männchen auf mein Papier.

»Nun, so scharf würde ich das nicht formulieren. Aber für Sie ist es doch auch ein schönes Gefühl, diesen Job zu haben, weil Sie so tüchtig sind – und nicht aufgrund Ihres Geschlechts, oder?«

Jetzt wußte ich auch, wie Detlev Mangell lächelte, wenn er charmant sein wollte.

»Sie erwähnten vorhin, daß Sie des öfteren in der DDR zu tun hatten. Es gibt da Gerüchte…«

»Kenne ich, kenne ich«, sagte er, souverän abwinkend. »Wissen Sie, wenn man sich überhaupt jemals positiv über gewisse Erscheinungen dort geäußert hat, war die Linke immer ganz schnell mit dem Blindheits-Vorwurf bei der Hand. Das läßt mich kalt.«

»Und Ihre Wahlkampfhilfe für die DSP?«

Sein Gesicht wurde starr.

»Kommen Sie mir nicht mit diesem Quatsch. Damit habe ich nichts, aber rein gar nichts zu tun.«

»Schön«, sagte ich befriedigt. »Dann wäre nur noch ein Punkt. Unsere Leserinnen sind natürlich besonders an allem interessiert, was mit dem Geschlechterverhältnis zu tun hat. Würden Sie auch eine Frau schlagen?«

Er sah mich verblüfft an.

»Ich habe mich wohl verhört?«

»Keineswegs«, sagte ich trocken. »Es gibt da Gerüchte...«

»Jetzt reicht es mir aber«, sagte er kalt und stand auf. Ich blieb sitzen und zündete mir eine Zigarette an.

»Besitzen Sie ein Haus in der Moselstraße, Herr Mangell?« »Ich antworte Ihnen nicht mehr«, sagte er finster wie drei Nächte. »Ich habe es nicht nötig, mich gegen Anwürfe dieser Art...«

»Dort wohnte eine Marizza Kühl... Oder wollen Sie leugnen, daß Sie diese Dame gut kannten?«

Er nahm die Hand von der Türklinke.

»Worauf wollen Sie hinaus?«

»Sehen Sie, nun verstehen wir uns schon besser. Nehmen Sie ruhig wieder Platz, vielleicht dauert es noch ein paar Minuten.«

»Sie sind nicht von der Presse!« Seine Stimme zitterte leicht.

»Das geht Sie nicht das geringste an. Sie können entweder mir meine Fragen beantworten oder dem Staatsanwalt.«

Ich bluffte, daß die Wände wackelten. Ich durfte ihm keine Zeit zum Nachdenken lassen.

»Sie werden begreifen, daß ein Mann, der gegen seine Ehefrau schon gewalttätig wurde, nicht eben gut dasteht, wenn seine Freundin, die ihm lästig wurde, auf offener Straße erschossen wird...«

»Schwachsinn!« Er ging zwei Schritte auf mich zu. »Sie sollten vorsichtig sein, mit dem was Sie sagen!«

»Marizza Kühl war es wohl nicht«, ich stand nun direkt vor ihm. »Sie hätte Sie ja leicht in Unannehmlichkeiten bringen können, mit den Unterlagen. Oder sind Sie da anderer Meinung?« Mir war eingefallen, daß Marizza Kühl in dem Telefonat, das sie in meiner Anwesenheit mit »Didi« führte, etwas in der Art von »Ich weiß genug über dich, vergiß das nicht« gesagt hatte. Ein Versuch war es wert.

»Was hat sie Ihnen gesagt?« Mangell schaute mich zum ersten Mal deutlich verunsichert an. Doch er fing sich schnell.

»Wo waren Sie denn vergangenen Dienstag abend?« fragte ich.

»Ich war an diesem Abend in einer Ausschußsitzung der Jungen Partei-Prominenten. Dafür gibt es sieben Zeugen, unter anderem den Oberbürgermeister.« Seine Antwort kam schnell und glatt wie eine Kugel. Und sie hinterließ ein Loch.

Als ich schließlich ging, war das Knabenchorlächeln endgültig vernichtet und ich hatte einige üble Ahnungen. Aber das kleine Loch war noch nicht geschlossen.

Ich fuhr ins TAT-Café. Nachmittags ist dort kaum was los, und ich brauchte dringend Zeit, um meine Gedanken zu ordnen. Mangell hatte ich zwar kalt erwischt, aber dennoch nichts in der Hand, womit ich ihm auch nur das geringste hätte nachweisen können. Cornelia hatte recht, als sie ihn wie ein Stück Seife bezeichnete, das einem immer wieder aus der Hand gleitet. Und dennoch: er mußte von Marizza Kühl erpreßt worden sein. Und Mangells Antwort auf meine Frage, wo er sich am Mordabend aufgehalten hatte, kam schnell. Verdammt schnell.

Ich bestellte mir eine Gemüsecremesuppe und einen weißen Bordeaux. Dann versuchte ich die Mosaiksteinchen aneinanderzufügen. Noch wußte ich nicht sicher, ob der Mörder von Marizza Kühl eher im Antiquitätenschieberring zu finden war oder ob an den Vermutungen des Abwasserhasen mehr dran war. Und ich kam keinen Deut weiter bei meiner Suche nach Beweisen. Außerdem hatte ich schon wieder das Gefühl, verfolgt zu werden. Das alles steigerte meine Laune nicht gerade zu Sonnenschein.

Am späten Nachmittag war die Stadt wieder einmal restlos verstopft. Ich brauchte beinahe eine Stunde, bis ich mich mit dem Wagen vom TAT-Café zur Friedrich-Ebert-Anlage durchgekämpft hatte. Ich hätte viel darum gegeben, mein Auto einfach irgendwo stehenlassen zu können und nie mehr wiederzusehen. Es war ohnehin nur für Seidenkostüm-Tage von Nutzen, und da konnte ich eigentlich auch ein Taxi nehmen. Aber eine Privatdetektivin ohne Auto... Schließlich parkte ich halb vorschriftsmäßig in der Nähe des Polizeipräsidiums.

Ferdinand mußte noch im Büro sein.

»Hast du schon erfahren können, wie weit dein Superspürhund Korkbach mit dem Einbruch bei meinem Bruder gekommen ist?«, fragte ich ihn, als ich auf einem der Stühle Platz genommen hatte, zwischen uns die ausladende Schreibtischplatte.

»So übel ist der Kerl nun auch wieder nicht«, sagte Ferdinand leicht gereizt. »Aber hier ist er in der Tat noch nicht weitergekommen.«

»Ach komm«, ich drückte meine Zigarette aus, »der ist 'ne Pfeife, und schließlich ist es eine Frage der Haltung, wie man an die Dinge rangeht. Mich würde es wundern, wenn er beim Polizeisport nicht das Schlußlicht wäre.«

»Maria!« Ferdinand sah mich unwirsch an. »Hör auf!«

»Ist doch wahr«, gab ich zunehmend aufgebracht zurück. Daß dieser Vorgesetzte seine Leute immer noch verteidigen mußte...

»Ich war doch dabei, Ferdinand! Dieser Superbulle strotzt förmlich vor Unfähigkeit. Beruft sich auf seine Erfahrungen, hält wohlfeile Reden und tut nichts. Wenn ich dem was zu sagen...«

»Es reicht, Maria! Wir haben in der Tat keine Zeit, Maulaffen feilzuhalten. Meinst du denn, bei Frieder sei der einzige Einbruch gewesen die ganze Zeit? Die Jungs arbeiten alle, soviel sie können und so gut sie können.«

»Gut kann er es auf jeden Fall nicht. Seine Arbeitszeit kontrolliert ihr, dazu kann ich nichts sagen. Aber das Gegenteil eines intelligenten Polizisten ist er trotzdem.«

Was ich an Ferdinand immer wieder bewundere, ist, wie er gefährliche Kurven nehmen kann.

»Maria, sag, was hast du auf dem Herzen. Du willst doch wieder was...«

Er schaute mich mit einem süffisanten Lächeln an, und ich konnte nicht anders, als zurückzulächeln. So gut kannte er mich immerhin...

»Einen Blick in Eure Kundenkartei will ich nehmen«, sagte ich. »Kann ich da mal rein? Ihr kommt ja vor lauter Arbeit eh nicht dazu, das Ding zu benutzen. Da störe ich sicher nicht weiter.«

»Den Sarkasmus kannst du dir sparen.« Sein Lächeln war nun wie weggewischt. Verdammt, was machte mich bloß so streitsüchtig? Irgendwie war Ferdinand so stur wie Udo, und beide gingen mir auf die Nerven. Nur nicht offen daherreden. Lieber Schuldgefühle verbreiten und oberlehrerhafte Bemerkungen machen, so im Stil von ›Du wirst es schon noch lernen...‹

»Also kann ich nun, oder kann ich nicht?«

Ich stand schon in der Tür und sah ihn über die Maßen trotzig an.

»Herrgott nochmal«, Ferdinand war aufgestanden, »was bist du heute gut gelaunt!«

»Ihr seid doch froh, daß Eure Altersversorgung gesichert ist. Euch kann doch keiner mehr was. Ich sollte mir mal so eine Schlamperei erlauben wie dein großartiger Korkbach...«

»Maria –«, jetzt wurde der Hauptkommissar immerhin laut, »was willst du denn bloß!«

»Nichts weiter als kollegiale Hilfe«, sagte ich pampig, »und zwar in einer Sache, in der dein Superagent noch graue Haare in seinen Milchbart bekommen wird, wenn er nicht vorher befördert werden sollte. Kann ich jetzt ran oder nicht?«

»Mach' doch, was du willst.« Ferdinands Augen schienen beinahe aus seinem Kopf zu springen. »Ich rufe unten an, du kannst gehen.«

Ich würgte ein kurzes »Danke« in den Raum, dann schmiß ich die Tür hinter mir zu. Ferdinands Vorzimmerdame schaute mir konsterniert nach.

Ich ließ von einem hilfsbereiten Beamten meine Fotografien einscannen und wartete rauchend auf das Ergebnis. Drei der vier Männer waren vorbestraft und mit Straftaten und Decknamen registriert. Ich notierte mir die Daten. Außerdem bat ich den Beamten, nachzuschauen, ob der Name Detlev Mangell registriert sei. Nach zwei Minuten am Computer sagte er mir, daß etwas da sei, er aber nicht an die Daten rankäme. Sie wären gesperrt.

Ich machte mich erneut auf zu Frieders Büro.

Seine Vorzimmerdame machte den Mund auf, um etwas zu sagen, aber ich ließ sie nicht zu Wort kommen.

»Ich weiß schon Bescheid«, grummelte ich und öffnete schnurstracks die Tür. Für den Bruchteil einer Sekunde kam mir der Traum von letztem Dienstag wieder in Erinnerung, und ich dachte, es wäre keine schlechte Pointe, wenn der Polizeipräsident jetzt im Zimmer stünde und die Hand von Ferdinands Hintern abzöge. Es kam aber noch besser.

Mit dem Rücken zum Fenster stand Hundling und sah mich an wie eine Erscheinung. Ich nickte ihm kurz zu und überließ das Weitere Ferdinand: Schließlich war es sein Dienstzimmer, da sollte er auch die Honneurs machen.

»Ich nehme an, Sie kennen sich schon«, sagte er dann auch folgsam. »Kommissar Hundling – Frau von Kadell.«

»Äh – ja«, sagte Hundling indifferent. »Wir sind uns schon einmal begegnet...«

Wahrscheinlich traute er sich nicht, sein Protokoll einzuklagen (zum vorgemerkten Termin war ich einfach nicht erschienen), weil ihm die Beziehungen zwischen Ferdinand und mir nicht klar waren. Um so offener konnte ich sein. Ferdinand sollte die ganze Dummheit seines Mitarbeiterstabes ruhig einmal ungefiltert zur Kenntnis nehmen.

»In der Tat«, flötete ich. »Wir sind uns schon einmal begegnet. Und zwar an dem Ort, an dem Marizza Kühl ermordet worden ist, durch drei Kugeln, abgefeuert aus einem fahrenden Auto. Ich war Zeugin, Sie erinnern sich doch, Herr Hundling? Haben Sie den Wagen schon ermitteln können, oder sind Sie überhaupt in Ihren Recherchen schon einen Schritt vorangekommen?«

»Wir ermitteln in unterschiedlichen Richtungen, gnädige Frau. Sie können sich denken, daß das einiges an Zeit in Anspruch nimmt. Zumal wir immer noch auf die Aussage einer gewissen Zeugin warten, die zum festgesetzten Termin einfach nicht erschienen ist. So...«

Er hob bedauernd die fetten Schultern.

»Kann ich mir denken, daß Sie alles bedenken, ja. Zumal Sie ja enorm genau sind. Die Detailfreude deiner Mitarbeiter«, wandte ich mich an Frieder, »kennt wahrhaftig keine Grenzen. Als ich Kommissar Hundling den Tathergang schildern wollte, hat er durch intensives Nachfragen ermitteln können, daß mein Auto im Parkverbot gestanden haben muß, als ich den Mord an Marizza beobachtete. Ist das nicht großartig?«

Ferdinand sah mich böse an. Wahrscheinlich war es für ihn das reinste Fegefeuer, aber mir war's egal. Der Frust der letzten Woche machte sich nun endlich Luft, und hier war der richtige Ort, um Dampf abzulassen.

»Also – das mit dem Parkverbot lassen wir auf sich beruhen, Frau von Kadell«, schaltete Hundling sich hilfesuchend ein. »Das ist ja wirklich nicht so wichtig...«

»Das freut mich aber aufrichtig«, sagte ich. »Da können Sie ja ihre Kräfte ganz aufs Wesentliche konzentrieren, jetzt, wo das bereinigt ist... Haben Sie schon Tatverdächtige?«

Hundling sah zu Ferdinand hinüber. Der sah aus dem Fenster und spielte mit dem Brieföffner. Da faßte der Dicke sich ein Herz: »Wir haben bereits davon erfahren, daß Frau Kühl in diesen Schieberring verwickelt war, den Sie – zumindest teilweise – ja auch aufzudecken sehr geholfen haben. Ich nehme an, daß in dieser Richtung der Hase im Pfeffer liegt, wenn ich mal so sagen darf.«

So darf man eigentlich nicht sagen, aber Stil in der deutschen Sprache spielt für Polizisten ja auch eine untergeordnete Rolle. Ich überlegte kurz: Also hatte Ferdinand gesungen und an Hundling weitergegeben, was er von mir und dem unfähigen Korkbach in Erfahrung gebracht hatte. Ich nahm ihm das übel, denn er hätte mich wenigstens informieren können. Andererseits war es sein gutes Recht, denn ich hatte ihn nicht ausdrücklich um Stillschweigen gebeten. Moralisch war der Vorteil nun allerdings auf meiner Seite.

»Ich nehme nicht an, daß der Hase da im Pfeffer liegt«, sagte ich trocken.

Hundling und Ferdinand sahen sich an. Jetzt würde sich zeigen, was mein Wort in diesen heiligen Hallen zählte, dachte ich und wartete in Ruhe ab. Immerhin hatten Ferdinand und ich uns durch einen Fall kennengelernt, dessen Auflösung ich ihm auf dem Silbertablett servieren konnte, und seitdem genoß ich im Polizeipräsidium einen gewissen Ruf. Ferdinand stand auf und starrte mich durchdringend an. Ein Zucken um die Mundwinkel verriet ihn, als er sagte: »Wir haben hier ja schon einmal eine aufschlußreiche Sitzung bei Automatenkaffee und Tonband hinter uns gebracht. Ich schlage vor, Ruth Maria, ich besorge uns beides und bitte einen weiteren Kollegen hinzu, und du erzählst uns in aller Ruhe, wo deiner Ansicht nach der Hase im Pfeffer liegt.«

Dagegen hatte ich nichts einzuwenden. Beim Spanier hatte ich Ferdinand noch von meinen dunklen Ahnungen bezüglich Detlev Mangell erzählt, aber da hatte es sich eben wirklich nur um Ahnungen gehandelt. Von der Präzisierung meines Bildes war er nicht informiert, und es war mir nur recht, meinen Vermutungen nun einen gleichsam offiziellen Charakter zu verleihen. Daß ich diesen Fall kaum alleine würde lösen können, war mir inzwischen klar geworden – und ich konnte auch niemanden ins Kittchen liefern, schon gar nicht einen MdB. Da sollten mal ruhig die Beamten ran. Hundling und ich blieben minutenlang allein. Ich spürte, daß ihm die ganze Sache peinlich war, und mit etwas mehr Selbstsicherheit hätte er sich wohl bei mir entschuldigt. Aber Souveränität war ihm nicht gegeben, also ging ich auf ihn zu und sagte freundlich: »Vergessen wir doch diese unangenehme Vorgeschichte, Herr Hundling, okay? Ich war an diesem Abend ja auch nicht gerade bester Stimmung, und im Moment wäre es wohl das beste, wir zögen alle an einem Strang.«

Sein Gesicht glänzte vor Erleichterung. Es fiel ihm offenbar ein Stein vom Herzen. »Aber nur zu gern, Frau von Kadell. Wissen Sie, so am Ende eines langen Diensttages, da können einem schon mal die Pferde durchgehen. Aber ich bin völlig ihrer Meinung: Wir sollten jetzt gemeinsam auf die Pirsch!«

Offenbar ein passionierter Jäger. Überall sah er Hasen im Pfeffer und Pferde durchgehen, und jetzt ging er auch noch auf die Pirsch.

Ferdinand kam mit einem Tablett voller Kaffeebecher zurück, das Tonband unter den Arm geklemmt. Im Schlepptau hatte er einen graumelierten Mittfünfziger, der einen teuren Anzug trug, einen Siegelring am Finger und italienisches Leder an den Füßen. Er sah intelligent und einigermaßen sympathisch aus. Alles weitere würde sich finden.

Nach anderthalb Stunden lehnte Ferdinand sich zurück, machte das Tonband endgültig aus und gähnte. Die Luft war verqualmt wie in Bills Ballhaus in Bilbao, und wir alle sahen aus wie reif für den Jahresurlaub.

»Ich fasse zusammen«, begann Ferdinand schließlich. »Es gibt zwei Kreise, in denen die Hauptverdächtigen zu ermitteln sind. Erstens: der Antiquitäten-Schieberring. Marizza Kühl wußte offenbar genug, um den Drahtziehern gefährlich werden zu können. Durch ihr Ansinnen, die Möbel von Herrn von Kadell zurückschaffen zu lassen, hat sie sich verdächtig gemacht. Durch ihre Kontakte zu dir«, hier sah er mich augenzwinkernd an, »kam ein weiteres Gefahrenmoment hinzu. Nach Lage der Dinge war Marizza Kühl die einzige aus diesem Ring, von der wir vielversprechende Informationen erhalten hätten. Ein Motiv für den Mord besteht von dieser Seite durchaus.«

Ich stand auf und öffnete das Fenster. Die Hauptverkehrszeit war vorüber, aber noch immer rauschten die Autos in dichter Folge über den Ring.

»Zweitens:«, fuhr Ferdinand fort, »Detlev Mangell. Hier sind wir bisher auf Vermutungen angewiesen. Die beiden haben sich wahrscheinlich getrennt, und er wollte sie mit aller Kraft aus seiner Wohnung haben. Marizza Kühl scheint gegen ihn einiges in der Hand gehabt zu haben. Ihre Andeutungen Frau von Kadell gegenüber und Mangells Reaktion von heute nachmittag rechtfertigen meiner Ansicht nach Ermittlungen in dieser Richtung. Wir müssen herausfinden, was sie in der Hand hatte, um klarzustellen, ob er ein Interesse an Marizza Kühls Tod gehabt haben könnte. Das ist derzeit alles.«

Der Graumelierte räusperte sich. Er schien kein Interesse daran zu haben, in meinem Beisein die Diskussion fortzusetzen.

»Ich schlage vor«, sagte er, »daß ich morgen früh, bevor Sie irgendetwas unternehmen, erst einmal den Polizeipräsidenten informiere. Bei einer Ermittlung mit derart heiklen –«, er hüstelte, »– Konnotationen halte ich das für unbedingt ratsam. Anschließend sollten wir eine Konferenz abhalten, ich schlage vor, um 11. Paßt Ihnen das?« Ferdinand und Hundling nickten. Daß mir leise der Kragen platzte, ließ ich mir nicht anmerken. Ich hatte gewisse Befürchtungen, was den Ausgang des Gesprächs mit dem Polizeipräsidenten anbelangte. So unter uns Gesangesschwestern...

Ich erhob mich und nahm meine Handtasche.

»Dann wären wir wohl für heute fertig.«

Der Graumelierte stand auf und schenkte mir ein gewinnendes Lächeln. Er sah aus wie einer jener Anzugträger, die für American Express Reklame machen.

»Ich brauche nicht zu betonen«, sagte er liebenswürdig, »wie sehr wir Ihnen verpflichtet sind, Frau von Kadell. Es geschieht leider nicht oft, daß wir von außen«, – hier sah er mir bedeutungsvoll in die Augen – »so wertvolle Informationen erhalten. Wie auch immer wir die Ermittlungen betreiben, ich kann Sie versichern, daß wir Ihre Initiative zu schätzen wußten. Es war mir ein Vergnügen.«

Zu einem Handkuß reichte es nicht, aber mir dämmerte auch so, worauf das Ganze hinauslief. Ich sagte Hundling artig auf Wiedersehen, sandte Ferdinand einen pfeilgeraden Blick hinüber und verschwand mit Jolanda Weizenscheffels Lieblingsspruch auf den Lippen, der so obszön ist, daß man ihn schriftlich unmöglich wiedergeben kann.

Samstag, 13. Oktober

Die Sonne schien ungehemmt durchs Fenster. Der Typ von gegenüber glotzte herein und kontrollierte den Sitz meines nicht vorhandenen Nachthemds. Ich streckte ihm die Zunge heraus und zog die Vorhänge zu. Dann holte ich mir einen Kaffee aus der Küche: Rosa war schon ausgeflogen, in Udos Zimmer war alles ruhig.

Ich hatte ihn seit vorgestern nicht mehr gesehen, und das war mir auch ganz recht so. Meine Nerven waren entschieden nicht stark genug für eine Aussprache, und auch Ferdinand zu treffen, hatte ich heute keine Lust. Vielleicht kam es meinem Unbewußten unfair vor, mit ihm eine gute Zeit zu haben, während Udo wahrscheinlich litt wie ein Hund – jedenfalls war mein Bedarf an Männern für's erste gedeckt.

Ein Blick in den Kühlschrank hob meine Laune nicht im mindesten. Die Psycholage einer WG läßt sich immer an der Kühlschrankfüllung und den Alkoholvorräten ablesen – oder auch an den nicht entsorgten Flaschen und dem Vorkommen von Müll. Ich schleppte also drei volle Abfalltüten nach unten, nahm einen Korb voll leerer Flaschen mit und weckte die übrigen Hausbewohner durch die getrennte Müllentsorgung. Während die Flaschen in der Tonne aufeinanderschlugen und einen Heidenlärm machten, der alle Wohnungen ringsum beschallte, dachte ich grimmig an Detlev Mangell. Ich hatte so meine Zweifel, ob ich ihn würde überführen können – dieser Hund war zu gerissen, um sich leicht erwischen zu lassen.

Nach dem Frühstück rief ich den Abwasserspezialisten an. Schließlich bezahlte er mich, und so mußte ich ihm wohl oder übel einen Zwischenbericht geben – obwohl es leider wenig zu berichten gab.

»Unser Freund hat vermutlich ein lupenreines Alibi«, sagte ich in den Hörer und hörte förmlich seinen Ärger. »Wenn er für den Mord verantwortlich ist, dann wird es schwer sein, es ihm nachzuweisen.«

»Wie wollen Sie weiter vorgehen?«, fragte die Stimme am anderen Ende mit mühsam verhohlener Ungeduld.

»Das lassen Sie meine Sorge sein«, gab ich leicht gereizt zur Antwort. »Ich schlage vor, daß ich noch ein, zwei Tage recherchiere. Wenn ich bis dahin nicht weitergekommen bin, schreibe ich Ihnen einen Abschlußbericht und wir vergessen die Angelegenheit.«

Gewöhnlich war es nicht meine Art, meine Klienten derart im Dunkeln zu lassen. Aber wo es selber an Erleuchtung fehlt...

Ich beschloß, mir einen freien Morgen zu gönnen: Ein Termin beim Friseur war ganz genau das Richtige. Meine Freundin Konstanze hatte mir den ihren empfohlen, den sie immer genau dann aufsuchte, wenn eine Identitätskrise im Anzug war. Da sie jährlich ungefähr vier zu bewältigen hat, spannt dieser Friseur ihr Budget aufs Äußerste an: Eine Behandlung des Egos bei ihm ließ er sich so gut bezahlen wie Psychoanalytiker ein Viererpack an Lebensberatung.

Ich rief bei Reginald an. »Haben Sie heute noch einen Termin?«

Die Stimme am anderen Ende tat beleidigt.

»Normalerweise haben wir Wartezeiten bis zu vier Wochen... Aber einen Moment, ich sehe mal nach.«

Ich hörte Gewisper im Hintergrund. Zwei Damen schienen Reginald versetzt zu haben. Schließlich kam der Assistent wieder an den Apparat und sagte gnädig: »Um elf Uhr können Sie kommen. Aber bitte unbedingt pünktlich sein.«

Ich setzte mich eiligst in den Wagen: Mit dem Fahrrad zu ihm zu fahren, hätte bedeutet, dreihundert Mark in den Rinnstein zu werfen. Die Euroschecks schob ich in meine Lederjacke, ein Taschenbuch dazu.

Bei Reginald roch es wie im Kosmetiksalon. Der lange, schlauchartige Raum war unregelmäßig schwarz und weiß gekachelt und sah aus wie eine anspruchsvolle Schlachterhalle. Ich ließ mir meinen Schrecken nicht anmerken und wurde auf einen weichen Stuhl geschoben. Um mich herum nichts als Spiegel, in meinem Nacken Reginald.

Er war blond und sah aus, wie sein Name vermuten ließ. Er griff ein bißchen in meinem Haar herum und fragte angelegentlich: »Wie soll's denn sein?«

»Wenn ich das wüßte...«, stöhnte ich.

Ich bin brünett und habe grüne Augen. Wer in mich verliebt ist, findet mich gemeinhin rassig, ich selbst halte meine Wangenknochen für zu ausgeprägt und meine Nase für ein bißchen zu lang. Meine Stirn ist schön gerundet, und mein Hinterkopf täuscht Intelligenz vor. Mein Kinn ist eigensinnig, und mein Mund ist ziemlich groß. Meine Mutter sah aus wie Emma Peel, und meine Verwandtschaft behauptet, ich sähe ihr ähnlich.

Das alles verschwieg ich Reginald, denn er sollte sich selbst ein Urteil bilden. Er zupfte weiter an meinem halblangen Haar herum, ließ es dann entschlossen fallen und sagte: »Ziemlich langweilig so, nicht wahr?«

Ich fand ihn reichlich unverschämt, aber Friseure müssen wohl so sein.

»Was würden Sie empfehlen?«, fragte ich, plötzlich schüchtern geworden.

»Lassen Sie mich nachdenken«, murmelte er und drehte meinen Kopf hin und her, bis ich dachte, meine Halswirbel würden ihren Dienst versagen.

»Ich fange jetzt mal an«, sagte er schließlich. »Wollen Sie wissen, worauf es hinausläuft, oder vertrauen Sie mir?«

Für so viel Geld sollte er eigentlich mein Vertrauen wert sein. »Überraschung«, sagte ich todesmutig und schloß ergeben die Augen.

Nach einigen Minuten hörte ich es neben mir rumoren. Eine junge Frau nahm rechts von mir Platz und diskutierte mit Reginalds Partner das Vorgehen. Es war Jolanda Weizenscheffel, die Wissenschaftslektorin und Königin der Nacht aus dem Orfeo.

»Messe halbwegs überstanden?«, fragte ich mit steifem Nacken und zwinkerte ihr mit einem halben Auge zu.

Unsere Blicke trafen sich im Spiegel, sie rollte mit den Augen und machte ihre Lieblingsbemerkung.

»Also alles wie üblich, nur auf Japanisch?«

Wir tauschten die letzten kleinen Skandale aus: der hat gekündigt, die kriegt ein Kind von dem, heiratet aber einen anderen und so fort. Durch gelenkten Zufall kam die Rede auch auf Detlev Mangell.

»Klar, der sitzt doch immer mit meinem Kollegen, dem Jürgen, bei den ›Juppies‹. Das ist der größte A..., den man sich denken kann. Lauter Theoriekonserven, in die Pfanne gehauen und ein Ei drüber geschlagen. Demagogisches Vorbild, daß ich nicht lache!«

Jolanda Weizenscheffel ist bekannt für ihr entschiedenes Urteil, das unter anderem macht Gespräche mit ihr so vergnüglich. Wir plauderten noch über dies und das und bemühten uns angestrengt, die Aktivitäten der Herren an unseren Hinterköpfen nicht zu bemerken.

Als ich mich getraute, wieder hinzuschauen, war ich kurzgelockt, und mein Haar hatte die Farbe von frischen Sauerkirschen. Über meiner Stirn saß ein mir bisher unbekannter Wirbel und verlieh mir genau jene Keckheit, die mir zur Zeit eher fehlte. Im Nacken war ich geschoren wie ein Klosterschüler, und über dem linken Ohr türmte sich eine anspruchsvolle Lockenkaskade. Von links sah ich aus wie eine exzentrische Lesbierin und von rechts wie ein Stummfilmstar. Ich gefiel mir ausnehmend gut.

Jolanda Weizenscheffel war noch in Behandlung.

Als ich wieder draußen war, spiegelte ich mich in einem Schaufenster nach dem anderen – klassisch nach dem Friseurbesuch. Erst beim dritten Mal stutzte ich, denn ich sah dasselbe Gesicht unweit von mir ebenfalls zum dritten Mal. ›Also doch‹, dachte ich mir und war erleichtert darüber, nun endlich Gewißheit zu haben. Ich kannte den Mann nicht, und ich war auch nicht traurig darüber. Er hatte eine scharfgeschnittene Nase, und tiefe Linien zogen sich von den Nasenflügeln bis zum Kinn. Er hatte die Figur eines Leichtgewichtboxers, trug einen schlechtgeschnittenen Anzug und eins dieser häßlichen Herrenhandtäschchen müßig schlenkernd am Handgelenk. Er sah aus, als hätte er nichts zu tun. Und er beschattete mich.

Eigentlich hatte ich vorgehabt, ins Büro zu gehen und alte Rechnungen aufzuarbeiten. Aber ich wollte diesen schlechten Beschatter nicht auch noch durch mein Leben führen, also mußte ich mir etwas anderes einfallen lassen.

Von der nächsten Telefonzelle aus rief ich Edith an, meine Freundin bei der Sitte. Sie ist von unermüdlicher Heiterkeit und von schier grenzenloser Tatkraft, und beides erstaunt mich immer wieder – bei ihrem Job. Sie war im Dienst – »Am Wochenende ist Stoßzeit«, pflegte sie grinsend zu sagen –, ich erreichte sie also im Präsidium. Ich legte ihr den Fall in kurzen Worten dar, und wir verabredeten uns in einem Billardsalon in der Elbestraße.

»Das ist fast ein Lokaltermin«, sagte ich und dachte an die Wohnung von Marizza Kühl in der Parallelstraße. »Wie sieht der Schuppen aus?«

»Du kannst ihn nicht verfehlen«, sagte Edith munter, »wenn du nach einem Fünfziger-Jahre-Salon Ausschau hältst, der einen auf Zwanziger macht. Drinnen steht ein kleiner Italiener und sieht harmlos aus, und insgesamt sind ein paar Hundert Jahre Knast darin versammelt. Draußen auf der Leuchtreklame steht ›O.K. Spielvergnügen‹.«

Ich hängte ein, ließ den Wagen stehen und ging zur Straßenbahn. Mein Schatten folgte mir in respektvollem Abstand, erwischte aber denselben Waggon. So hatte ich Gelegenheit, ihn genauer zu studieren, und meine Antipathie bekam eine solide Grundlage.

Edith hatte nicht zuviel versprochen. In dem langen Gang zur Theke hin waren seitlich Boxen eingebaut, in denen schlecht angezogene Männer Geld in Automaten schmissen. Ein Schild versprach freies Trinken für Spieler an Geldautomaten. Alkohol wurde nicht ausgeschenkt. An der Theke saßen Pakistani, Italiener und Deutsche in ungewohnter Eintracht beieinander und machten scheele Augen, als ich mich dazwischensetzte. Ich habe einen Sozialhilfesatz auf der Stirn, dachte ich leicht schuldbewußt, als ich mir einen Kaffee bestellte. Mein Schatten hatte sich hinten im Raum plaziert und trank dasselbe wie ich.

Nach fünf Minuten kam Edith und sah sich suchend um. Als sie mich schließlich erkannt hatte, gab sie mir einen leichten Kuß auf die Wange. Sie roch nach Aktenstaub und Lavendelparfüm und trug ein Tweedkostüm ihrer Mutter. Aber ansonsten ist sie wirklich okay.

Wir ließen uns einen Billardtisch geben und verschwanden nach oben. In der Halle standen zwölf Tische für Karambolage, und das Linoleum verriet, daß es keine Attrappen waren. Vom Fenster aus sah man unten die ersten Damen ihrem Gewerbe nachgehen, und drinnen roch es nach Männerschweiß. Es war rundum gemütlich.

Wir spielten zweimal zur Beruhigung der Nerven. Zwischendurch erzählte ich ihr die ganze Story in Breitleinwandformat, damit sie auch wußte, daß ihr Einsatz einer guten Sache diente. Mein Schatten war uns inzwischen nachgekommen und saß neben dem Lautsprecher, über den man von unten Getränke ordern konnte.

Der Saal war außer uns dreien fast leer, nur am letzten Tisch spielten zwei ältere Männer versunken ihr viertes Game.

Ich ging zur Gegensprechanlage und sagte: »Zwei Mineralwasser bitte, für Tisch drei.« Mein Schatten sah aus dem Fenster, und seine Schuhspitze streifte mich beinahe. Ich konnte mir nicht erklären, warum er nicht etwas professioneller Abstand hielt, aber ich konnte es mir immerhin zunutze machen.

»Nimm deine Dreckspfoten weg, du Schwein«, schrie ich und gab ihm einen scharfen Haken in die Magengegend. Als er sich krümmte, zog ich mit dem Queue gezielt einmal nach und zischte: »Ja, ist das denn die Möglichkeit! Betatscht mich dieses Ferkel doch, während ich hier stehe!«

Die zwei Männer am hintersten Tisch schauten nur verhohlen herüber, rührten sich aber kaum.

»Da sieht man mal, worauf man sich verlassen kann, wenn man wirklich in Not gerät«, sagte ich zu Edith, die mir zu Hilfe kam: »Von Männern kannst du keine Hilfe erwarten!«

Der freundliche Italiener kam gerade mit den Getränken hoch. Mein Schatten hatte sich mühsam aufgerichtet und lehnte mit schmerzverzerrtem Gesicht an der Wand. Er sah mich an wie etwas nicht von dieser Welt. Ein Speichelfaden hing ihm aus dem Mundwinkel.

»Merkwürdige Gäste haben Sie hier!«, fuhr ich den Gastwirt zornig an. »Dieser Typ hat mich eben belästigt!«

Der Italiener sah zwischen mir – zornessprühend und immer noch gut frisiert – und meinem Schatten hin und her. In seine Unschlüssigkeit hinein hielt Edith diskret ihren Dienstausweis und sagte mit gedämpfter Stimme: »In Ihrem eigenen Interesse fordere ich Sie auf, diesen Herrn zu entfernen.«

Der Wirt ging auf meinen Schatten zu, dessen Hände sich immer noch auf der Magendecke befanden. Er führte ihn sanft, aber mit Nachdruck die Treppe hinunter, und wir konnten vom Fenster aus beobachten, wie er sich gegenüber postierte. Aufrecht stehen konnte er nicht.

Edith führte ein längeres, murmelndes Gespräch mit dem Wirt. Ihre Mentalität, ihr Dienstausweis und ihre Erfahrung in der Szene konnten ihr Türen öffnen, die ich nicht einmal von außen kannte, und ich war froh, daß sie den Job übernahm. Als sie zu mir zurückkam, sah sie ziemlich zufrieden aus.

»Dein Schatten ist hier bekannt als Jack. Macht gern auf amerikanisch, fährt alte Chevrolets und hatte früher ein paar Mädchen laufen. In den letzten Jahren nur noch Handlangerdienste für Großkopfete, irgendwie ist die Luft bei ihm raus – wahrscheinlich Drogen. Deshalb auch so unfähig als Beschatter. Diese Sorte Kerls ist nicht gewöhnt, ihr Geld selbst zu verdienen.«

Sogar in privateren Momenten war Edith der dienstliche Protokollstil mittlerweile schon anzumerken. Aber ich war zufrieden damit, denn sie war immerhin bündig und klar.

»Hast du etwas über mögliche Auftraggeber herausfinden können? Welche Kontakte hat er denn so?«

»Wenn ich dich richtig verstanden habe«, sagte Edith und starrte hinunter auf die Elbestraße, »kommen zwei Auftraggeber in Frage – aus dem Möbelbusiness und der Politszene, allright?«

Ich nickte.

»Ich tippe auf Möbel«, fuhr sie langsam fort. »Mehr so ein Gefühl. Die Politszene, schätze ich, gibt sich mit solchen Typen nicht ab. Zu unsicher, können sich bessere leisten. Schieberring ist eher wahrscheinlich: Unterwelt von vornherein, keine Nadelstreifen im Spiel, und alles ein bißchen billiger.«

»Hast du eine Ahnung«, entfuhr es mir, »wie billig die Politgeschichte in Frankfurt läuft? Das ganze Bahnhofsviertel ist von denen gekauft, die kassieren illegale Konzessionen von jedem Puff in dieser Ecke, von jedem Spielsalon und jeder schiefen Pinte.«

»Weiß ich, weiß ich. Aber alles alte Garde, die Schmierergang von einst. Die Neuen solide, bis jetzt. Geben sich nicht mit sowas ab, können's auch nicht: Presse zu scharf zur Zeit, alle haben ein Auge drauf. Da laufen andere Sachen, die kriegen wir nicht mal mit. Nee, ich tippe auf Möbelschieber. Die kaufen sich solche wie den, reif für den Absturz.«

Ich sah sie zweifelnd an. Überzeugt hatte sie mich nicht, aber derzeit standen nur Vermutungen im Raum.

»Soll ich mir den Typen kaufen?«

»Kann ich dir nicht raten. Der hält die Schnauze, hat zuviel Angst.«

»Hast du nichts in der Hand?«, fragte ich hoffend. »Immerhin hat er mich angegriffen...«

»Könnte ihn mitnehmen zur Sitte. Verfolgung ist kein Delikt, Grabscherei könnte was laufen. Aber, wenn du mich fragst: verlorene Liebesmüh'. Vernehmung, Protokoll, 'ne Menge Aktenkram und nichts dahinter. Eine Vita kriegen wir ausgedruckt, dann müssen wir ihn laufenlassen. Lohnt den Aufwand nicht, trinke lieber noch einen Gin Tonic mit dir.«

Vermutlich hatte sie recht. Wenn eine, dann kannte Edith ihr Geschäft. Und einen Gin Tonic war ich ihr mindestens schuldig.

Um zwölf lag ich in der Falle und las den aktuellen Hammett zu Ende. Als ich das Licht ausmachte, war mir klar, daß ich einen Fehler gemacht hatte.

Sonntag, 14. Oktober, 11 Uhr 30. Ich wachte erst auf, als mir die Sonne direkt ins Gesicht stach. Mit hinter dem Kopf verschränkten Armen lag ich lange reglos im Bett und starrte auf die weiße Wand mir gegenüber. Vieles ging mir durch den Kopf. Es war so wirr, daß ich immer wieder den Faden verlor. Da war diese verdammte Dreiecksgeschichte, Ferdinand und Udo, die sich bog und wendete, ohne daß ich sie noch hätte steuern können. Dann der Krach mit Udo, den ich im nachhinein bereute und wegen dem ich mich ein bißchen schäbig fühlte. Und da war mein Verfolger von gestern, der Gebäudereiniger Meister, Detlev Mangell und immer wieder diese arme Marizza Kühl. Ich versuchte, die Fäden weiterzuspinnen, doch ich konnte noch keine schlüssige Verbindung zu allen Personen herstellen.

An meiner Zimmertür klopfte es, Udo kam herein. Er hielt eine Tasse Kaffee in der Hand, und das war verdammt das richtige, mich wieder einmal weich zu machen.

»Bist du schon wach?« Udo lächelte unsicher. »Hier, Kaffee.«

»Danke.« Wir schauten uns lange an.

»Es tut mir leid«, begann Udo und setzte sich zu mir aufs Bett.

»Mir auch.« Etwas anderes blieb mir schließlich nicht übrig, auch wenn ich nicht im geringsten Lust hatte, jetzt schon wieder die alte Zweisamkeit aufleben zu lassen.

»Du warst wohl beim Friseur. Sieht gut aus!« Udo sah mich versöhnlich an.

»Ich nehme an, daß mein Kopf heute früh nicht unbedingt danach aussieht, als würde ihn die Cosmopolitan als Modell für die neue Frisurenkollektion aufnehmen.«

»Bist du zur Zeit im Streß?« wollte Udo wissen.

»Ach ja, ziemlich vertrackter Fall.«

»Und kriegst du's hin?«

»Ich hoffe«, sagte ich und biß mir leicht auf die Unterlippe. »Du warst doch damals maßgeblich an der Wählerinitiative für den OB beteiligt und kennst die Typen alle.«

»Warum, Ruth?«

Ich wußte, daß dies Udos schwacher Punkt war. Er war immer straight in der Parteilinie, auch wenn diese nicht immer seiner privaten Meinung entsprach.

»Kennst du einen Detlev Mangell?«

»Ja, sicher. Was ist mit ihm?« Udo war neugierig.

»Naja, er besitzt doch zahlreiche Häuser in Frankfurt. Eins im Bahnhofsviertel, eines in Sachsenhausen, eines in Bornheim und so weiter. Da wohnen unter anderem einige Magistratsmitglieder drin etcetera. Daneben aber auch so manch anderer, den Mangell mal irgendwann gebraucht hat.« »Das kannst du ihm schlecht vorwerfen, Ruth.« Udo intervenierte wieder einmal für die Parteilinie. »Sie zahlen alle die reguläre Miete, keiner ist bevorzugt.«

»Außer bei der Wohnungsbeschaffung, Udo!«

»Das ist doch noch lange kein Verbrechen. Wenn ich ein Haus hätte und du bräuchtest eine Wohn...«

»Ja, ist ja gut. Ich wollte etwas anderes wissen. Kannst du dir vorstellen, daß Mangell seine Wohnungen ›entmietet‹, um jemand anderem Platz zu machen?« Ich war mir nicht sicher, ob Udo meine Frage verstanden hatte.

»Schau, Ruth, Mangell ist ein zentrales Problem für seine Partei, weil er der einzige ist, der professionelle Medienpolitik macht, und er andererseits dadurch seiner eigenen Firma immer kräftig in die Tasche wirtschaftet. Das ist das wesentlich größere Problem: Keiner weiß, auf welcher Hochzeit Mangell wirklich tanzt – außer auf der eigenen. Für die kommenden Bundestagswahlen ist er wieder nominiert und wird reinkommen, schon allein über den Listenplatz. Dem kann keiner mehr was, Ruth. Vergiß es!«

»Aber meine Frage hast du immer noch nicht beantwortet, mein Lieber. Ist Mangell fähig, seine Wohnungen mit Gewalt, also durch Rollkommandos, zu räumen?«

»Skrupel hat er auf jeden Fall keine. Da kannst du Gift darauf nehmen. Wo er der Stärkere ist, zieht er die Sachen durch, koste es was es wolle – ansonsten paßt er sich an, um zu seinem Ziel zu kommen.« Udos Einschätzung deckte sich ziemlich genau mit der von Cornelia.

»Würde er notfalls jemanden umbringen?« Ich wußte

nicht, ob ich Mangell persönlich den Mord zugetraut hätte. Andererseits war allein die Tatsache, daß ich es in Erwägung zog, bereits eine Antwort.

Udo fuhr auf. »Der? Nie! Sowas macht er nicht!«

»Warum, Udo? Bist du dir sicher?« Das ging mir zu schnell.

»Selbst jedenfalls nie, darauf verwette ich meinen Job. Blöd ist der nicht.«

»Wenn er nun jemanden beauftragte?«

Udo winkte nur ab und stand auf. »Keine Ahnung!«

Eine lange Dusche machte mich restlos wach. Mit dem Fön konnte ich sogar meine neue Frisur retten und wieder so herstellen, wie der schwule Coiffeur sie angelegt hatte. Mit einer weiteren Tassee Kaffee neben mir rief ich Edith an und verabredete mich mit ihr um halb drei wieder im Billardsalon in der Elbestraße. Auf meinen Einspruch hin, daß wir bei diesem Wetter nicht gerade in einer Spelunke sitzen sollten, meinte sie bloß, sie sei im Dienst und müsse eben dort sein. »Feiner Arbeitsplatz«, sagte ich, »den du dir ausgesucht hast. Wie läuft denn das Geschäft?«

»Mit Netzstrümpfen haut's hin, Puppe! Also bis halb drei.« Edith liebte ihren Beruf.

Dann rief ich Jekyll. Die Bulldogge sah mich mit der Leine in der Hand im Flur stehen, wedelte aufgeregt mit ihrem Stummelschwanz und sprang an mir hoch. Ich öffnete die Wohnungstür, und Jekyll raste hinaus, die Treppe hinunter und hinauf und wieder zurück und veranstaltete einen Heidenlärm. Ich fuhr mit ihm im Auto zum Grüneburgplatz hinüber. Ein Spaziergang würde uns beiden guttun.

Jekyll freute sich ungemein über unseren gemeinsamen Gang. Er tobte immer weiter, raste den Joggern zwischen den Füßen herum und konnte damit ihren verbissenen Gesichtern kein Lächeln entlocken. Dann fand er einen

Stock, und das altbekannte Herrchen/Frauchen-Hunde-Spiel begann. Stock werfen, der Köter rast ab und schleppt ihn zurück. Dabei wackelt seine ganze hintere Hundehälfte vor Freude und Unterwürfigkeit. Für mich war dies immer der Beweis dafür, daß diese Tiere doch blöd sind. Dann die Streicheleinheiten und nette Worte... Aber letztlich weiß man doch nicht, ob der Hund nicht genau dasselbe denkt.

Als ich gerade den Stock in eine andere Richtung werfen wollte, kam mir wieder einmal das Gesicht eines Mannes so vor, als hätte ich es heute schon mehrfach gesehen. Ich warf weiter Stöckchen für Jekyll und schaute mir den Kerl dabei genauer an. Es war ein anderer als gestern. Er war vielleicht 28 Jahre alt, hatte breite Schultern, trug einen Lumberjack und dunkelgrüne Hosen mit Bügelfalten, darunter Stiefeletten. Eine Sonnenbrille verhinderte, daß ich seine Blickrichtung erkennen konnte. Doch da konnte ich mithalten und dankte ihm im stillen für die Idee. Ich ging mit Jekyll weiter und tat, als bemerkte ich nichts. Unser Verfolger hielt seinen Abstand und gab nicht auf. Vom Pavillon zurück ging ich schneller. Der Schatten blieb an mir hängen. Ich ließ Jekyll in den Wagen und sah, daß der Kerl in einen Citroen stieg und uns folgte. Ich fuhr los. Sonntags sind die Chancen geringer, einen anderen Wagen abzuhängen. Es sind einfach zu wenig Autos unterwegs und die Straßen leer. Hätte ich bereits am amerikanischen Konsulat gehalten, wo Tag und Nacht die Polizei herumsteht, dann wäre der Kerl einfach weitergefahren. Ich hätte ihn zwar losgehabt, aber nicht für immer. Und gewußt hätte ich auch nicht mehr.

Also die Siesmayerstraße runter, bei Rot in die Bockenheimer Landstraße und stadteinwärts. Der goldene CX blieb hinter mir. An der Alten Oper raste ich kurz vor einem anderen Wagen über die Kreuzung. Ein kleiner Vorsprung war dies wenigstens. Der arme Jekyll wurde hinten über den Sitz von einer Seite zur anderen geschleudert, als ich mich laut hupend und im Zickzack durch die Wagen durchschlängelte, die an der Ampel vor den Hochhäusern der Deutschen Bank warteten. Es gab nur eines, runter ins Bahnhofsviertel und hoffen, daß Edith verstand. Doch plötzlich stand vor mir ein feister Frührentner im Opel Ascona, zeigte mir den Vogel und machte den feinen Finger. Er fuhr nicht weg. Keinen Meter, obgleich er Platz gehabt hätte. Der Spießer forderte wieder einmal das Recht ein, das er sich im sonstigen Leben nie erstritten hat. Ich blieb auf der Hupe stehen und sah auf einmal den CX wieder hinter mir im Rückspiegel. Die Ampel schaltete endlich um. Ich zog links durch, raste die Gallusanlage runter, die nächsten Ampeln wieder bei Rot, Richtung Main. Der CX folgte beständig. Ich konnte meinen Golf durchheizen wie ich wollte, wurde meinen Schatten aber nicht los. Das Theaterparkhaus fiel mir ein, da, wo später einmal der Musical-Palast stehen soll. Drei Ecken noch, dann ab ins Parkhaus. Dort hatte ich vielleicht eine Chance. Ich raste durch die geschlossene Schranke und sah sie im Rückspiegel hinter mir auf die Fahrbahn krachen. Ich jagte hoch bis ins vierte Parkdeck. Jekyll wurde durch die Fliehkraft ganz in die hintere linke Ecke des Wagens gedrückt. Er hielt sich tapfer. Bis auf drei Autos war das Parkdeck leer. Mit einer Vollbremsung bekam ich den Golf vor dem Treppenhaus zum Stehen. Ich sprang raus, Jekyll hinter mir. Im Abstand von etwa zehn Metern standen links und rechts vom Treppenhaus zwei Stützpfeiler. Ich plazierte Jekyll hinter dem einen und schaffte es gerade noch zum anderen, als der CX mit einem riesigen Satz die Schwelle vom Auffahrtrondell nahm. Er hielt mit quietschenden Reifen neben meinem Golf.

Der Mann sprang heraus, schaute sich kurz um und rannte los zur Treppenhaustür. Langsam ging ich rückwärts um den Pfeiler herum, als plötzlich das Geräusch einer umfallenden Flasche meinen Plan vermasselte. Ich mußte sie mit der Ferse umgestoßen haben. Der Kerl blieb stehen und kam langsam näher. »Komm raus da«, er sprach mit einem überlegenen Grinsen und ging weiter auf mich zu. »Einfacher hättest du es mir kaum machen können. Komm raus!« Ich hörte ein kurzes Klicken, das sich wie die herausspringende Klinge eines Klappmessers anhörte. Damit war er bei mir richtig. Das war eine meiner leichtesten Übungen. Ich hatte sie im Training wieder und wieder geübt und könnte sie fast mit geschlossenen Augen ausführen. Ich trat hinter der Säule vor. Jekyll saß gehorsam auf seinem Platz, genau sechs Meter hinter dem Kerl. Der kam langsam näher und grinste feist unter seinem pomadisierten Haar. Jetzt sah ich auch die lange Narbe in seinem Gesicht, die sich vom linken Ohr beinahe bis zum Kinn zog. Ich sagte kein Wort, sondern warf in Windeseile meine Jacke weg. Langsam ging ich auf den Kerl zu.

»Mach kein' Scheiß, es hilft dir nichts!« Er zog sich Falten in die Stirn. Wir gingen im Halbkreis aufeinander zu, zwei Meter trennten uns noch, als er seinen Angriff wagte. Mit vorgereckter Messerhand, die Klinge in meiner Brusthöhe von unten nach oben haltend, sprang er auf mich los. Ich konterte. Ein Handkantenschlag meiner Linken nach außen gegen seinen Arm, zeitgleich trieb ich ihm die Rechte in den Magen und ließ sie dann auf seinen Rükken gleiten. Schulterwurf, Aufprall, Armhebel und durchgezogen. Es knackte in seinem Gelenk, doch der Kerl war stark. Er federte zurück und stand plötzlich wieder vor mir auf den Beinen. Sein Messer lag zwei Meter von uns entfernt am Boden. Langsam ging er auf mich zu, kam näher und war noch einen Meter außer Griffnähe, als ich mit spitzem Schrei Jekyll sein Signal gab.

»Faß!«

Der Kerl drehte sich irritiert um. Zwei Meter vor ihm hob die Bulldogge ab. Sie erwischte ihn an der Schulter und riß ihn um. Jekyll ließ nicht mehr los, ein böses Knurren und ein wütender Blick hielten den Kerl am Boden. Die Machtverhältnisse waren geklärt.

»So haben Sie sich das wohl nicht vorgestellt.« Ich stand etwas mehr als seine Armlänge von ihm entfernt und schaute auf ihn herab. »Für wen arbeiten Sie?«

Der Kerl schaute mich lediglich abschätzend an. Ein leichter Brocken war er jedenfalls nicht. »Nehmen Sie den Köter weg«, knurrte er.

»Sie haben wohl noch immer nicht begriffen, daß sich der Spieß umgedreht hat. Ich stelle hier die Fragen, und Sie antworten gefälligst! Und das ist kein Köter, sondern eine abgerichtete Bulldogge.« Ich ging einige Schritte nach links, hob das Messer mit einem Taschentuch auf und hielt es ihm über die Nase. Jekyll knurrte noch immer und hielt seinen Biß. Das mußte dem Kerl verdammt weh tun, doch er schien sich zu beherrschen. Nur kleine Bewegungen mit der Schulter, mit denen er dem Biß nachzugeben versuchte, verrieten ihn. »Dieses Messer trägt ein paar gut erkennbare Fingerabdrücke. Es könnte Ihnen helfen, wenn Sie reden würden. So langsam werde ich ungeduldig.«

»Für Sie eine Nummer zu groß«, der Kerl gab sich noch nicht geschlagen.

»Jekyll«, flüsterte ich, »zurück!« Die Bulldogge ließ los und setzte sich einen halben Meter entfernt nieder. Noch immer fletschte sie die Zähne und knurrte furchterregend. Der Kerl hielt sich mit der anderen Hand die Schulter und versuchte, sich zu erheben.

»Bleiben Sie sitzen«, schnauzte ich ihn an. »Ziehen Sie Ihre Jacke aus und werfen Sie sie hierher.«

Er gehorchte zögernd, brauchte seine Zeit, bis er sie über die schmerzende Schulter gezogen hatte. Das weiße Hemd darunter war voller Blut. Ich durchsuchte die Jacke und fand seine Brieftasche. Vier Tausend-Mark-Scheine, Führerschein und vorläufiger Personalausweis. Zwei Kinokarten und ein Foto, auf dem der Kerl eine höchstens vierzehnjährige Asiatin im Arm, oder besser gesagt an ihrem kleinen Busen hielt. Sonst nichts. Die Kinokarten warf ich weg und las gerade im Personalausweis den Namen Gerhart Hofmann, als ich sah, wie er versuchte, nach den Karten zu greifen. Ich erwischte die eine gerade noch, als er das andere Ende schon in der Hand hatte. Die Karten rissen auseinander, er schob seinen Streifen in den Mund und schluckte sofort.

»Jekyll! Faß!« Der Hund verbiß sich im Arm. Diesmal war die Schmerzgrenze des Kerls erreicht. Ich hörte ihn einen unterdrückten Schrei ausstoßen. Dann schaute ich mir die Kinokarte genauer an. Auf der Rückseite standen vier Ziffern: 5976... Der Rest hatte auf der anderen Karte gestanden, die soeben mit Magensäure behandelt wurde. Ich ließ den Kerl in Jekylls Maul, steckte alles ein und ging zu meinem Golf. Im Handschuhfach hatte ich für alle Fälle meine Beretta liegen. Sie macht auf Ganoven immer mehr Eindruck als die übliche 7.65er der Polizei. Dann zog ich den Schlüssel ab.

»Hofmann«, ich hielt die Knarre auf ihn gerichtet, »Sie stehen jetzt sehr langsam auf und drehen mir den Rücken zu. Dann gehen Sie zu meinem Wagen, setzen sich ans Steuer und tun genau das, was ich Ihnen sage. Kapiert!«

Er nickte, und ich wünschte mir sehnlichst, ich hätte doch einmal im Polizeipräsidium ein paar Handschellen mitgehen lassen.

»Jekyll, komm her!« Der Hund gehorchte sofort.

»Gehen Sie jetzt zum Wagen!«

Die Bulldogge saß bereits knurrend auf dem Beifahrersitz, als Hofmann sich hinter das Steuer klemmte. Der Fahrersitz war für ihn viel zu weit vorne, mir konnte das nur recht sein. Ich stieg hinten ein und hielt ihn mit meiner Pistole in Schach. Dann fuhren wir los.

Es war bereits fünf Minuten vor drei, als wir genau vor

der Eingangstür des Billardsalons in der Elbestraße hielten. Ich befahl Hofmann, die Hupe nicht loszulassen. Edith stürzte sofort zur Tür heraus und kam herüber.

»Steig ein!«, bat ich sie. »Dieser Fisch stinkt.«

Edith setzte sich neben mich in den Fond.

»Fahren Sie da vorne links ran«, sagte sie zu Hofmann und wies auf einen freien Parkplatz. Dann stieg sie wieder aus, riß die Fahrertür auf und hatte ihn blitzschnell mit ihren Eisen ans Lenkrad gekettet. Aus Hofmann war aber nichts herauszubekommen. Immer mehr Neugierige standen um den Wagen herum, und letztlich waren wir froh, als eine Funkstreife neben uns hielt. In Handschellen wurde Hofmann weggebracht.

»Liebste Frau Detektivin«, wir hatten soeben den Europa-Imbiß erreicht, »du liebst wohl harte Kost.« Edith blieb stehen und sah mich ernst an. »Weißt du eigentlich, wer der Kerl ist?«

»Keine Ahnung!« Ich wußte es wirklich nicht.

»Eindeutig vorbestraft, unzählige Male wegen Mordverdacht festgenommen, und nie konnte ihm etwas bewiesen werden. Da kommst du, und es fällt dir nichts anderes ein, als ihn dir zum Feind zu machen. Hast du wirklich nichts Besseres zu tun?« So hatte Edith jedenfalls noch nie mit mir gesprochen.

Die grünen Neonschlangen, die den Europa-Imbiß verzieren, verfärbten auch die Gesichter der Gäste unnatürlich. Grüne Lampen hingen von den Decken, und der Steinfußboden um die verschmierten Stehtische war völlig verdreckt. Wir bestellten an der Theke und blieben dort stehen. Ich erzählte Edith, wie ich Hofmann in die Arme gelaufen war und kramte den Inhalt seiner Brieftasche aus meiner Jacke. Vor uns auf der Stehtheke lagen die Papiere und die vier Geldscheine. Unsere Tresennachbarn machten Stielaugen.

»Steck die Kohle wieder ein«, sagte Edith und schaute sich die Sachen kurz an. »Nicht mal gefälscht, wie sonst. Die Type ist gar nicht so doof.«

Ich zeigte ihr die Kinokarte, und wir rätselten lange daran herum. Irgendwann entschieden wir uns dafür, daß die Ziffern den Teil einer Telefonnummer aus dem Nordend oder Bornheim darstellen mußten. Fünf, neun, sieben, so begannen die meisten, die in den letzten Jahren neu vergeben wurden. Die Sache mit der vierten Ziffer schränkte immerhin den Kreis der Gesuchten ein. Edith wollte eine Liste der Nummern beschaffen.

»Du hast ziemlich dicke Fische an der Leine, meine Liebe«, sagte sie. »Paß bloß auf dich auf. Ich würde dir dringend raten, deinen beamteten Verehrer einzuschalten.«

»Viel kann ich ohnehin nicht mehr machen. Es ist eine vertrackte Situation. Keiner ist klar zu überführen.« Ich ertappte mich, wie ich eine neue Zigarette anzündete, obgleich die alte erst angeraucht vor mir im Aschenbecher lag. »Aber was wollt Ihr schon tun? Viel in der Hand hättet Ihr auf jeden Fall auch nicht.«

Eine Möglichkeit gab es aber noch, soeben fiel sie mir ein. Ich behielt sie für mich.

»Wenn du das überstanden hast, solltest du Urlaub machen, Ruth«, Edith schaute mich aufmunternd an. »Wir könnten zusammen fahren.«

Beiläufig sagte ich, daß es mir gefallen würde, doch gedanklich war ich woanders.

Als ich aus dem Europa-Grill herauskam, war die grellgelbe Oktobersonne über der Kaiserstraße verschwunden. Die Neontransparente flackerten im Zwielicht. Ich ging hinüber zur Moselstraße, an den marokkanischen Kleinhändlern vorbei und dann in einen dunklen Flur. Die Wohnung lag im dritten Stock, und niemand kam durchs Treppenhaus. Die Türe hatte ich schnell geknackt, und selbst die amtlichen Siegel konnte ich mit Hilfe eines Tricks, den ich irgendwann Ferdinand entlockt hatte, unversehrt entfernen. Ich wußte noch nicht, was ich suchte.

Montag, 15. Oktober. Um halb neun wurde ich durch anhaltendes Telefonklingeln geweckt. Mein Kopf brummte, und ich fühlte mich reichlich zerknautscht. Das war kein erfreulicher Tag gewesen, gestern. Ich nahm den Hörer schlechtgelaunt ab.

Es war Ferdinand, und er hatte nicht einmal ein ›Guten Morgen‹ auf den Lippen.

»Um zehn Uhr, Maria«, sagter er knapp, »hier im Präsidium. Die Fensterputzer sind dran heute. Hadern sitzt bereits, den haben die Kollegen aus München gestern vom Segelboot herunter verhaftet. Wenn du willst, kannst du dabei sein.«

»Gut, ich überlege es mir.«

Ich hatte keine besondere Lust dazu. Eine Festnahme ist so interessant nun auch wieder nicht, und Genugtuung suchte ich nicht. Also drehte ich mich noch einmal um und schlief bis elf. Dann fühlte ich mich besser.

Um eins stand ich endlich im Zimmer von Ferdinands Sekretärin und erfuhr, daß der Hauptkommissar soeben in einer ›Abschlußbesprechung‹ war. Ich wartete auf dem Flur, bis ich nach einer halben Stunde hereingebeten wurde. Der Graumelierte, Hundling und einige andere Kriminaler kamen mir entgegen. Mehrfaches Grüßen und höfliches Lächeln. Ferdinand stand ein arbeitsreicher Morgen bereits im Gesicht geschrieben.

»Na, wie ging's?«, fragte ich neugierig.

»Es ging«, er schaute mich abwesend an. »Wo warst du?«

»Ich bin noch einmal eingeschlafen und um elf erst wieder aufgewacht. Nun lächle doch mal und erzähle, wie's war.«

»Es ging, das sagte ich doch schon. Meister sitzt, die beiden Fotografen ebenso und die vier Typen, die den Bruch gemacht haben, werden wir uns noch schnappen. Rasterfahndung, Routinesache.« Ferdinand trank einen Schluck abgestandenen Kaffee. »Eine Stunde hat's gedauert, dann waren wir wieder hier. Die Kollegen in den Kommissariaten müssen jetzt die Unterlagen durchsehen und suchen, ob sie noch etwas Aufschlußreiches entdecken. Das Lager war halbvoll mit Antiquitäten. Sonst nichts.«

»Warum?« Ich war mißtrauisch geworden. »Ihr hattet doch eine Abschlußbesprechung?«

»Der Mord ist so gut wie aufgeklärt, die Diebe sitzen, der Hehler auch. Was willst du noch?«

»Was soll das heißen: so gut wie aufgeklärt?« Ich sah ihn mit großen Augen an und spürte förmlich, wie mein Adrenalinspiegel stieg.

»Das heißt...«, Ferdinand hatte sich erhoben, ging zum Fenster und wandte mir den Rücken zu. »Das heißt, daß wir ein Gespräch hatten, bei dem wir alle Möglichkeiten durchgegangen sind. Wir kamen zu dem Schluß, daß die Indizien gegen Mangell nicht ausreichen und die Verdachtsmomente gegen den Schieberring eindeutig genug sind. Einer von denen muß es gewesen sein, und den werden wir schon noch herausfinden. Deshalb.«

Er drehte sich zu mir um und machte ein ausdrucksloses Gesicht, das er lange geübt haben mußte.

»Na großartig!«, sagte ich und sah ihn böse an. »War bei diesem Gespräch der Polizeipräsident zugegen?«

»Ja, er war dabei. Das verändert aber nichts.«

Ich hatte ihn also kalt erwischt.

»Sag mal, Ferdinand«, fragte ich ihn, »Ihr habt doch die Wohnung der Kühl durchsucht. Habt Ihr dort etwas Verdächtiges gefunden? Ich meine, etwas, das Euch Hinweise auf den möglichen Täter gegeben hat?«

»Worauf willst du hinaus?«

Wir lehnten nun beide an der Kante seines Schreibtisches, hatten die Arme verschränkt und starrten auf dieselbe Wand.

»Natürlich haben wir die durchsucht«, sagte er ungeduldig.

»Was gefunden?«

»Nichts Wichtiges, keine Hinweise.«

»Da gratulier' ich aber! Wie wär's denn mit leistungsbezogenem Gehalt für Polizeibeamte?«

Jetzt drehte er sich abrupt zu mir.

»Spann mich nicht auf die Folter, Maria. Was hast du herausgekriegt?«

Ich löste behutsam seine Hand von meiner Schulter. Sein Griff war beinahe eisern gewesen.

»Du könntest mir einen Stuhl anbieten. Und natürlich Kaffee und einen graumelierten Kollegen, Hundling und den Polizeipräsidenten dazu, vielleicht auch noch den Oberbürgermeister und den hessischen Trachtenverein, damit bloß nichts schiefgeht, Hauptkommissar Kaiser.«

Er stand schon in der Tür.

»Im Ernst, wen willst du dabei haben?«

Ich genoß meinen Triumph ganz schön.

»Niemanden außer Hundling diesmal. Laß die hohen Tiere draußen, die vermasseln uns den Spaß.«

»Also Mangell...«, murmelte Ferdinand und verschwand eiligst aus dem Zimmer. Mit Kaffee und Hundling kam er zurück. Der schaute mich fragend an.

»Ich glaube, Herr Kollege«, Ferdinand schaute ihn ernst an, »Frau von Kadell will uns noch etwas erzählen. Es scheint, als hätte auch sie am Wochenende gearbeitet...«
Ich erzählte von meinen Verfolgern und von Ediths Hilfe. Ferdinand ließ sich das Protokoll und die Akte Hofmann

bringen. Dann berichtete ich von meinem Besuch in der Wohnung Marizza Kühls.

»Jetzt hören Sie mal kurz weg, Herr Hundling... Ich habe das Siegel an der Wohnungstür gebrochen, weil mich ein unbestimmtes Gefühl dazu getrieben hat... Ich wußte, daß es einen Hinweis in der Wohnung geben mußte, oder ich hatte meinen Beruf verfehlt. Ich ging durch die Räume und schaute mich einfach nur um. Dann überlegte ich, wo eine Person wie Marizza Kühl etwas verstecken würde. – Wissen Sie übrigens, daß es einen Safe in der Wohnung gibt?«

Hundling zog eine sanfte Röte ins dicke Gesicht.

»Wo?«, fragte er erschrocken.

»Am allersimpelsten Platz. Hinter dem größten Bild in der Wohnung. Der Schlüssel lag im Schreibtisch.«

»Und was war drin?«, drängelte Ferdinand.

»Ein bißchen Schmuck, nicht allzu teuer allerdings. Und eine Kassette aus Edelholz. Ein einfaches Schloß dran, mit einer Büroklammer zu öffnen. Darin lagen wunderbare Unterlagen, die ich gerade in die Hand genommen hatte, als ich an der Tür das Geräusch eines Schlüssels hörte. Ich löschte das Licht und versteckte mich draußen auf dem Balkon. Ein Mann kam herein, ging direkt ins Wohnzimmer, schob das Bild zur Seite, zog einen Schlüssel aus der Tasche und öffnete die Safetür. Er nahm die Kassette, ohne hineinzusehen. In weniger als einer Minute war er wieder draußen. Ich folgte ihm natürlich. Er ging zur nächsten Telefonzelle in der Kaiserstraße. Ich konnte die Ziffern sehen, die er wählte: 59767676. Er sagte lediglich drei Worte: ›Ich habe sie‹. Dann legte er auf und ging in die Elbestraße, Tivoli-Bar. Als Frau kommt man da nicht rein.«

»Kennen Sie die Nummer?«, fragte Hundling aufgeregt und beugte sich zu mir vor. Er schwitzte stark.

»Ich schon«, lächelte ich. »Sie übrigens auch!«

»Also Mangell.« Ferdinand sah etwas zufriedener aus.

»Hast du die Unterlagen mit?«

Ich zog einen großen braunen Umschlag aus meiner Tasche und legte ihn auf den Tisch. »Aufschlußreich genug. Und jetzt hätte ich gern noch einen Kaffee.«

Das letzte hatte keiner der beiden mehr gehört, sie waren bereits mit den Papieren beschäftigt. Ich stand auf und holte ihn mir selbst am Automaten.

Dienstag, 16. Oktober, 21 Uhr. Diesmal hatte ich mich durchgesetzt. Das Gespräch gestern nachmittag dauerte Stunden, und endlich waren die Herren Polizisten davon überzeugt, daß Handlungsbedarf bestand, obgleich es ein Politiker war, um den es sich drehte. Die Telefonliste, meine Aussage und vor allem die Papiere aus der Wohnung Marizza Kühls waren belastendes Material genug. Ein Haftbefehl auf den Namen Detlev Mangell wurde ausgestellt. Das Verfahren allerdings mußte Hauptkommissar und Kommissar in ihrem Alterungsprozeß einen Sprung nach vorne befördert haben. Abends waren ihre Gesichter aschgrau, und weit über den kommenden Vormittag hinaus hatten sich die Ringe um ihre Augen und die Stirnfalten tiefer eingegraben. Polizeipräsident, Richter und Staatsanwalt konnten nicht mehr umgangen werden. Unendliche Diskussionen folgten. Ich selbst mußte dreimal vortanzen und schwor mir anschließend ewiges Glücklichsein, daß ich nicht in einer solchen Mühle verschlissen wurde. Und die ganze Zeit über stand die Sache auf der Kippe. Hauptkommissar Kaiser hatte diesmal zäher gekämpft, und selbst Kommissar Hundling trug das Seine dazu bei, daß die Instanzen mühsamst überzeugt werden konnten. Erst gegen Abend war das Dokument ausgestellt und der Plan zur sofortigen Festnahme gesichert. Ich wußte, wo Mangell zu finden war.

Der Oberbürgermeister redete so, wie der Oberbürgermeister sich vorstellt, daß der Oberbürgermeister reden würde, und sein Dilemma war, daß der ältlich wirkende Engel, der neben ihm saß und vermutlich sein Assistent war, ihn in diesem Sehnen auch noch bestärkte. Allein sein ergebener Blick sprach Bände. Die Augen der anderen Anwesenden folgten mehr oder weniger aufmerksam. Einer gähnte verstohlen.

Die Jungen Partei-Prominenten tagten wie immer dienstags im Nebenzimmer des ›Altenclubs‹. Kaum zu glauben, wie die Namen der Tagungsorte diese Zusammenkunft schon seit Jahren persiflieren. Zuerst war es das ›Frankensteiner Eck‹, wo sie sich trafen, dann der ›Pferdefuß‹ und derzeit eben der ›Altenclub‹ – man kommt wohl in die Jahre... Der Vorstand war beinahe vollständig vertreten und nahm seine Plätze, wohl unbewußt, auch genau so ein, daß er in seiner Funktion en bloc zu erkennen war. Gegenüber saßen die jungen Hoffnungsträger. Auf der Schule wären sie vermutlich als Streber von den Mitschülern geächtet worden, doch in der Politik läuft es bekanntlich anders. Opportunismus, Karrierismus und vor allem Sitzleder führen zum Erfolg und karikieren das Wort Volksvertreter bis zum Schlechtwerden.

Das Nebenzimmer des Altenclubs hatte als Kleinbühne längst ausgedient. Ein Vorhang trennte aber noch immer den Saal und die Bretter, die die Welt noch nie bedeutetet hatten. Durch den Hintereingang gelangten wir auf die Bühne und warteten. Mangell saß mit dem Rücken zu uns und ergriff sofort nach dem Oberbürgermeister das Wort. »Gerade in dieser Stunde, in welcher wir den Ausverkauf der DDR mit Freude zur Kenntnis nehmen können, der Anschluß durchgeführt ist und die gesamtdeutschen Wahlen haushoch verloren sind, jetzt und keinen Moment später gilt es, unsere Wachsamkeit auf die Bewahrung des Erreichten zu lenken und sie ein für allemal...«

Ferdinand beugte sich zu mir herunter und flüsterte mir ins Ohr: »So kommen sie auch nicht weiter, wir leben in den Neunzigern!«

Ich grinste und sagte: »Mangell hat in einem Punkt recht – trotz allem –, und das ist dieses ›Einig Vaterland‹. Wie lange sollen wir uns von den alten Säcken denn noch gängeln lassen.«

»Na, Euer Adelsstand war wohl zu unbedeutend, als daß es sich für ihn lohnen würde, sich dem Nachgejage nach den ehemaligen Besitztümern in der ›Ostzone‹ anzuschließen.« Frieder verdrehte die Augen.

Hundling stieß uns an und meinte, wir tuschelten zu laut. Wir warteten darauf, daß Mangell seine Rede abschloß und gingen dann zurück in den allgemeinen Gastraum. Ohne anzuklopfen traten wir ins Nebenzimmer.

»Kriminalpolizei, Mordkommission«, Ferdinand hielt sowohl seinen Ausweis als auch den Haftbefehl in der linken Hand. Es schien, als winkte er damit, als er auf die zusammengestellten Tische zuging. Die Köpfe drehten sich, Murren machte sich laut, Ferdinand ging weiter. Ich schloß schleunigst die Tür zum Gastraum. Es wäre mir auf keinen Fall recht gewesen, wenn in der nächsten Ausgabe des Lokalteils der FAZ eine erzreaktionäre Berichterstattung gleich wieder die ganze Linke in die Pfanne gehauen hätte.

Ferdinand präsentierte Mangell den Haftbefehl. »Herr Mangell, sie stehen wegen Anstiftung zum Mord unter Verdacht.«

Mangells Gesicht war aschfahl geworden, er blieb aber gefaßt. »Ich verstehe nicht.« Er saß noch immer auf seinem Stuhl und schaute durch seine Brille zum Hauptkommissar auf. »Wissen Sie, was Sie da tun?«

»Wir wissen es sehr genau, Herr Mangell. Sie sollten jetzt Ihre Papiere zusammenpacken und mitkommen!«

»Das wird sich schnell geklärt haben. Ruf bitte gleich

jemand Josephine an und sag ihr Bescheid.« Kopfschüttelnd packte er zusammen, erhob sich und nahm sein Jakkett von der Stuhllehne. Dann sah er mich und ließ seinen Blick lange auf mir ruhen.

»So läuft das also«, sagte er gedämpft. »Gut zu wissen…«

Wir verließen das Lokal durch die Hintertür und schnitten das Stimmengewirr hinter uns ab, als wir die Tür schlossen.

Ich saß mit Edith in der Maschine nach Gomera. Endlich Urlaub, ich hatte ihn bis auf die Knochen nötig und war meiner Freundin unendlich dankbar, daß sie einfach die Initiative ergriffen, Tickets besorgt, Ferienwohnung und Leihwagen gebucht hatte. In fünf Stunden würde uns die Sonne auf den Pelz brennen.

»Was war denn eigentlich in der Schatulle drin? Womit hatte die Kühl Mangell in der Hand?« fragte Edith.

Noch mußte ich die letzten Einzelheiten des Falls erzählen.

»Marizza Kühl hatte seit längerem gesammelt, was sie kriegen konnte. Als hätte sie gewußt, daß sie eine Lebensversicherung benötigte. Es waren Durchschläge von Schreiben seiner ›Ferien-Gäste‹ und früherer Mieter von Mangells Wohnungen und Schreiben von ihm an diejenigen Mieter, die ihre Kündigung angefochten hatten. Eindeutige Drohungen. Und drei Aussagen von Mietern, die davon berichteten, daß sie von Schlägern an der Wohnungstür überfallen wurden oder ihre gesamte Einrichtung zusammengeschlagen auffanden, als sie nach Hause kamen. Vor allem aber war da die Fotokopie eines Briefes aus Celle, in dem für das Loch gedankt wurde. Das hatte wohl genügt.«

»Das hätte vor allem genügt, seiner Karriere ein Ende zu setzen.« Edith schmunzelte vor sich hin.

»Ich glaube nicht, daß es ihn ganz rausgehauen hätte. Nach spätestens vier Jahren wäre er doch wieder auf den Beinen gewesen.«

»Wie ein paar andere auch!« Aber dann vermieden wir es doch, uns länger über die Resistenz von Politikern zu unterhalten.

»Hatte Mangell denn ein Alibi?« wollte Edith wissen.

»Parteifreunde sagten einheitlich aus, daß er an jenem Abend eine flammende Rede für ein absolutes Maklerverbot gehalten habe.«

»Zu komisch, eigentlich ist er selbst einer.« Edith hob ihr Sektglas. »Also Dienstag war die Nacht zu kurz«, sagte sie.

Wir lachten und ich war gespannt darauf, ob ich aus Edes XY-Fonds eine Überweisung vorfinden würde, wenn ich zurückkam. Doch jetzt wollte ich nur noch Rotwein, Sonne und Meer.

Kriminalromane

Maureen Moore
Mit gemischten Gefühlen
Band 10289

Marsha, Studentin und alleinerziehende Mutter, wird im Rahmen eines Praktikums bei der städtischen Mordkommission mit der kruden Realität eines Mordfalles konfrontiert. Marsha ist eine Heldin, die gar nicht erst versucht, durch Imitation männlicher Qualitäten zu imponieren, sondern den Beweis erbringt, daß angeblich weibliche Schwächen, zumindest in dieser Geschichte, zuverlässiger zum Ziel führen.

Viola Schatten
Schweinereien
passieren montags
Band 10282

Eine Frau räumt auf – als Privatdetektivin im Großstadtdschungel Frankfurts.
Die Ich-Erzählerin ist um die 30, Akademikerin mit ungewöhnlichen Hobbys, reichem erotischem Privatleben und liebevoll chaotischer Lebensführung. Viola Schatten ist ein Pseudonym.

Fischer Taschenbuch Verlag

fi 1363 / 1

Kriminalromane

Julie Smith
Ich bin doch keine Superfrau
Band 10210

»Ich bin doch keine Superfrau!« Als Rebecca in diesen Stoßseufzer ausbricht, sitzt sie schon mitten drin im Schlamassel. Und der Hauptverdächtige in ihrem jüngsten Mordfall ist ausgerechnet ihr neuester Liebhaber. In ihrem ersten Roman mit der Detektiv-Heldin Rebecca Schwartz erzählt die Autorin die Geschichte der jungen Anwältin aus San Francisco, die sich für die Prostituiertengruppe HYENA nicht nur mit juristischer Beratung einsetzt.

Julie Smith
Touristenfalle
Band 10212

Ein Touristenkiller versetzt San Francisco in Angst und Schrecken. Die junge Anwältin Rebecca Schwartz versucht ihm auf die Spur zu kommen, bevor er die ganze Stadt zerstören kann.

»Eine temporeiche Story mit Wärme, Witz und Lokalkolorit.«
Kirkus Review

Fischer Taschenbuch Verlag

fi 1360/2

Kriminalromane

Sue Grafton
Detektivin, Anfang 30,
sucht Aufträge
Kinsey-Millhone-Kriminalstories
Band 10208

Kinsey Millhone betreibt das Detektivgewerbe in Santa Teresa, einer kleinen Stadt nördlich von L. A. 32 Jahre jung, zweimal geschieden und Single aus Überzeugung.
In den Geschichten dieses Bandes erzählt die Detektivin mit der dunklen Strubbelmähne von sieben Fällen aus ihrer Praxis – menschlichen Beziehungsgeflechten mit tödlichem Ausgang.

Sue Grafton
Sie kannte ihn flüchtig
Band 8386

Kinsey Millhones neuester Auftrag führt sie ins kalifornische Floral Beach, wo sie den wahren Täter in einem siebzehn Jahre zurückliegenden Mordfall ermitteln soll und hinter der Fassade einer respektablen Kleinstadtgesellschaft auf alte Verletzungen und mörderische Leidenschaften trifft...

Fischer Taschenbuch Verlag

fi 1361/2